KB060094

울고
웃는   마음

LE CŒUR À RIRE ET À PLEURER
by Maryse Condé

울고 웃는 마음

내 어린 시절의
진짜
이야기들

LE CŒUR À RIRE ET À PLEURER
Contes vrais de mon enfance

마리즈 콩데/Maryse Condé 지음
정혜용 옮김

문학동네

어머니에게

"지성이 과거라는 이름으로 우리에게 돌려주는 것,
그건 과거가 아니다."

마르셀 프루스트,
『생트뵈브 반박』

차례

가족의 초상

누군가 우리 부모에게 이차세계대전에 대한 의견을 물었더라면, 그들은 서슴없이 자신들이 겪었던 가장 어두운 시기라고 대답했을 것이다. 둘로 단절된 프랑스, 드랑시나 아우슈비츠 수용소, 육백만 명에 달하는 유대인 학살, 혹은 아직도 그 대가를 치르고 있는 그 모든 반인도적 범죄 때문이 아니라, 끝날 것 같지 않던 그 칠 년의 세월 동안 그들로서는 가장 중요한 것, 그러니까 프랑스 여행을 박탈당했기 때문이다. 아버지는 전직 공무원, 어머니는 현직 공무원이었기 때문에, 그들은 꼬박꼬박 아이들과 함께 본국으로 가서 휴가를 누릴 수 있었다. 그들에게 프랑스는 식민지 권력의 본산이 전혀 아니었다. 그곳은 정말로 모국이었고, 파리는 유일하게 그들의 삶에 광채를 부여하는 빛의 도시*였다. 어머니가 우리 머리에 넣어줬던 건 무엇보다도 생트샤 펠성당과 베르사유, 그리고 탕플시장과 생피에르시장의 옷가게와 천가게에 진열된 근사한 물건들에 대한 묘사였다. 아버지는 루브르박물관, 그리고 총각 시절 굳은 다리 좀 풀어보려고 갔던 라시갈댄스홀을 더 좋아했다. 그래서 1946년도 여름방학이 시작되자마자 두 사람은 희열을 느끼며 자신들을 르아브르항구로 데려다줄 여객선에 다시 올랐다. 르아브르항구는 제2의 조국으로 돌아가는 길 위의 첫번째 기항지였다.

난 막내였다. 집안 신화 중 하나가 나의 탄생과 관련되어 있다. 아버지는 무려 예순세 살이었다. 어머니는 막 마흔세번째 생일을 축하한 참이었다. 어머니는 생리혈이 더이상 보이지 않자 폐경이 시작된 징후라는 생각에, 아이 일곱을 받아준 산부인과 전문의 멜라스를 보러 뛰어갔다. 의사는 어머니를 진찰하고 나서 커다랗게 웃음을 터뜨렸단다.

"정말 어찌나 창피하던지." 어머니가 친구들을 상대로 얘기했다. "임신 초기 몇 달 동안, 미혼모라도 된 것 같더라고. 나오는 배를 가리려고 애를 썼지."

어머니가 내게 입맞춤을 퍼부으며 우리 늦둥이가 노년의 작은

---

* Ville Lumière. 19세기 파리를 가르키던 명칭이기도 하다.

지팡이가 되었다는 이야기를 덧붙였지만, 그래봤자 그런 이야기를 들을 때마다 늘 똑같은 슬픔을 느꼈다. 난, 원하던 아이가 아니었던 거니까.

오늘날, 전후의 우중충한 파리에서 라탱 지구의 테라스에 앉아 있던 우리가 당시 사람들 눈에 얼마나 흔치 않은 광경이었을지 떠올려본다. 한창때 유혹적이었으며 돋보이는 몸가짐이 여전한 아버지, 크레올풍의 화려한 장신구로 온몸을 휘감은 어머니, 그들의 자식 여덟, 성골함을 장식하듯 여봐란듯 치장한 채 눈을 내리뜬 언니들과 청소년인 오빠들, 그중 한 명은 이미 의대 1학년이며, 그리고 나이에 비해 조숙하나 지나치게 응석둥이인 나. 카페 종업원들은 쟁반을 허리에 걸쳐 안정적으로 받쳐든 채 연신 감탄을 흘리며, 파리가 꿀 주위를 맴돌듯 분주하게 우리 주위에서 파닥거렸다. 그들이 디아볼로 망트*를 서빙하면서 한결같이 부지불식간에 흘린 말.

"어쩜 이렇게 프랑스어를 잘하세요!"

나의 부모는 발끈하거나 그렇다고 미소를 짓거나 하는 법 없이 칭찬을 받아들이고는, 그저 고개만 까닥여주고 말았다. 일단 종업원들이 몸을 돌려 가고 나면, 두 사람은 우리에게 편들라고

---

* 초록색의 박하향 청량음료.

은근히 압박했다.

"그런데, 우리도 저들과 마찬가지로 프랑스인들인데." 아버지가 한숨을 쉬었다.

"프랑스인 이상이죠." 어머니가 격렬한 어조로 한술 더 떴다. 어머니는 설명 대신으로 이런 말을 덧붙였다. 우리가 훨씬 더 교양이 있다. 우리가 예의범절도 더 뛰어나다. 우리가 책도 훨씬 더 많이 읽는다. 저들 중 몇몇은 파리 바깥으로 나가본 적도 없지만, 우리는 몽생미셸, 코트다쥐르, 그리고 바스크해협도 가봤다.

이런 대화에는 뭔가 비장미가 감돌아서 어린아이였지만 속이 상했다. 그들의 항의 거리는 심각한 부당함이었다. 아무런 이유 없이 역할이 바뀌어 있었다. 하얀색 앞치마를 두르고 검은색 조끼를 입고 팁을 긁어가는 사람들이 자신들의 위치를 너그러운 고객들보다 더 위에 두었던 것이다. 내 부모는 신수가 훤한데도 프랑스인이라는 정체성을 부인당하고 거부당했는데, 그들은 너무나 자연스럽게 그러한 정체성을 지녔다. 그리고 난, 자부심이 가득하고 스스로에게 만족하고 있으며 자신들 나라에서는 유명인사인 이 사람들이 무슨 이유로 자기네 시중을 드는 저 종업원들과 경쟁하는지 이해하지 못했다.

어느 날 궁금증을 말끔하게 해소하기로 마음먹었다. 곤혹스러울 때마다 그랬듯이 알렉상드르 오빠에게 쫓아갔는데, 오빠는

"좀더 미국인처럼 보이려고" 이미 스스로 상드리노라고 개명하고 난 뒤였다. 반에서 일등이고 주머니엔 여자 친구들이 보낸 연애편지가 가득한 상드리노는 내겐 하늘에 뜬 태양과 같았다. 좋은 오빠였던 그는 내게 보호자다운 애정을 베풀었다. 하지만 그저 그의 어린 여동생인 것만으로는 내 성에 안 찼다. 허리가 잘록한 여자애가 주변을 지나가거나 축구 시합이라도 시작되면 난 즉각 잊혔으니까. 오빠는 우리 부모의 행동에서 뭔가 이해하고 있을까? 왜 그들은 그들 스스로 털어났듯이 자신들 발치에도 못 미치는 그런 사람들을 그다지도 부러워하는 걸까?

우리는 파리에서 7구의 조용한 거리 일층에 있는 아파트에 묵었다. 라푸앵트에서 우리는 갇혀 있고 묶여 있다시피 했는데, 여기서는 달랐다. 우리 부모는 우리가 원하는 만큼 외출하고 심지어 다른 아이들 집을 방문해도 된다고 허락해줬다. 그 당시 난 그러한 자유에 놀랐다. 나중에서야, 프랑스에서는 우리가 크레올어로 말한다든가 라푸앵트의 가난뱅이들처럼 그오카*에 취미를 붙일까봐 걱정하지 않아도 돼서라는 걸 알았다. 그날 우리는 이층에 사는 금발머리 백인 애들과 술래잡기를 하며 놀았고, 당시 파리는 여전히 물자 부족이어서 말린 과일을 간식으로 나눠

---

* gwoka. 과들루프섬의 전통 음악으로, 카 드럼 연주와 노래, 춤이 어우러진다.

먹었던 게 기억난다. 밤이 되어 군데군데 별빛이 새어나오는 밤 하늘로 바뀌기 시작한 시각이었다. 우리는 집에 돌아갈 준비를 했는데, 언니 한 명이 창문으로 고개를 내밀고 이렇게 소리를 지를 참이었다.

"얘들아! 엄마 아빠가 집으로 들어오래."

질문에 답해주려고 상드리노가 대문에 등을 기댔다. 유년기의 볼살이 아직 남아 있는 쾌활한 그의 얼굴이 음울한 가면으로 덮였다. 목소리는 무거워졌다.

"신경쓰지 마." 그의 입에서 마침내 말이 떨어졌다. "엄마 아빠 둘 다 소외된 사람들이야."

소외된 사람들? 그게 무슨 소리일까? 질문할 엄두도 나지 않았다. 상드리노가 부모를 조롱하는 소리를 들은 게 그게 처음은 아니었다. 어머니는 『에보니*Ebony*』*에서 오려낸 사진 한 장을 침대 머리맡 벽에 붙여뒀더랬다. 거기에 보이는, 우리와 마찬가지로 자식이 여덟인 미국의 어떤 흑인 가정의 모습이 감탄을 자아냈다. 모두 의사, 변호사, 엔지니어, 건축가 들이다. 한마디로 부모의 영예. 그 사진은 상드리노에게서 최악의 조롱을 자아내어,

---

* 1945년 존 H. 존슨이 아프리카 출신 미국인들을 겨냥하여 시카고에서 창간한 잡지.

삶을 제대로 시작해보기도 전에 자신이 죽게 되리라는 걸 알지 못하고, 자신은 유명 작가가 되겠노라고 맹세했다. 그는 쓰기 시작한 소설들은 숨기고 보여주지 않는 대신, 자신이 쓴 시들은 낭송을 해주곤 했다. 난 그 시들을 들으면 당혹스러웠는데, 오빠 말로는 시는 이해되는 것이 아니어서 그렇단다. 난 위쪽 침대에서 잠든 테레즈 언니를 자칫하다간 깨울지 모르는데도, 내내 침대에서 뒤척이며 그날 밤을 보냈다. 아버지와 어머니를 몹시 사랑했기에 그랬다. 두 사람의 잿빛 머리카락과 이마의 주름을 보면 정말로 마음이 좋지 않았다. 두 사람이 젊으면 얼마나 좋을까. 아! 내 친구 이블리즈의 어머니가 교리 교육에 이블리즈를 데려다준 날 이블리즈가 그랬듯이, 사람들이 어머니를 보고 내 큰언니인 줄 안다면! 사실, 아버지와 말하다가 아버지가 수시로 라틴어 표현을 끼워넣으면 괴로워서 죽고 싶긴 했다. 그런 표현들이 삽화가 수록된 『프티 라루스 일뤼스트레 *Petit Larousse illustré*』 사전에나 나온다는 건 나중에야 알게 됐다. 베르바 볼렌트. 스크립타 마넨트. 카르페 디엠. 파테르 파밀리아스. 데우스 엑스 마키나. 특히 내가 못 봐주겠는 건 어머니가 그 더위에도 본인의 짙은 색 피부에 비해 너무 밝은 두 가지 색상이 섞인 스타킹을 고수한다는 거였다. 하지만 두 사람의 마음 깊은 곳에 애정이 있음을 알고 있었고, 두 사람이 자신들 생각에 가장 근사한 삶이라고 믿고 있는 것을 우리가 예비하도록 애쓴다는 건 이해했다.

동시에 오빠의 판단을 의심하기에는 오빠에 대한 나의 믿음이 너무 컸다. 그 표정과 그 목소리에서, '소외된 사람', 이 신비한 말이 임질처럼 수치스러운 병 같은 걸, 심지어 작년에 라푸앵트에서 수많은 사람의 목숨을 앗아갔던 장티푸스처럼 치명적이기조차 할 수 있는 그런 병을 가리킨다고 느꼈다. 온갖 징후를 이리 맞춰보고 저리 맞춰보는 노력 끝에, 자정이 되어 나는 이론 비슷한 걸 쌓아올리게 되었다. 소외된 사람이란 자신이 될 수 없는 게 되려고 애쓰는 사람인데, 현재 자신의 모습을 있는 그대로 사랑하지 않아서다. 새벽 두시, 잠이 들려는 순간에 난 혼미한 가운데 절대 소외된 사람이 되지 않겠다고 맹세했다.

결과적으로 다음날 아침, 난 완전히 다른 여자아이가 되어 잠이 깼다. 모범적인 아이에서 말대꾸하고 따지기 좋아하는 아이가 된 것이다. 나 자신도 내가 목표로 하는 게 무엇인지 잘 알지 못했기에, 그저 부모가 제안하는 모든 것에 의문을 품었다. 〈아이다〉의 트럼펫 연주 혹은 〈라크메〉의 종의 노래를 듣기 위해 오페라로 밤나들이하는 것. 〈수련〉 연작을 감상하기 위해 오랑주리 미술관을 방문하는 일. 혹은 그저 단순히 원피스나 구두, 내 머리에 묶을 리본에 대해서. 어머니는 인내심으로 빛나는 사람은 아닌지라 내 따귀를 아낌없이 때렸다. 하루에도 스무 번씩 어머니가 한탄했다.

"오, 하느님! 대체 이 아이 몸에 뭐라도 들어간 걸까? 그런 걸까?"

프랑스에서의 체류 기간이 끝나갈 무렵에 찍은 사진은 뤽상부르공원에 있는 우리 모습을 담고 있다. 언니 오빠들이 일렬로 서 있다. 콧수염을 기른 아버지는 털을 안에 댄 외투를 입고 있다. 어머니는 진주처럼 고른 이가 다 드러나게 웃고 있고 그 바람에 회색 벨벳모자 아래의 아몬드 모양 두 눈이 가늘어져 있다. 어머니의 다리 사이에는 말라깽이에 토라지고 짜증이 잔뜩 난 표정의 내가 있는데, 청소년기가 끝날 때까지, 배은망덕한 아이들을 늘 가혹하게 후려치기 마련인 운명이 나를 스무 살에 고아로 만들 때까지, 한결같이 유지하게 될 그 표정 때문에 못생겨 보인다.

그때부터, '소외된 사람'이라는 말의 의미를 이해하고 특히 상드리노가 옳았는가를 스스로에게 물어보기에 충분한 시간이 있었다. 나의 부모는 소외된 사람들이었나? 그건 확실하고 분명했다. 그들은 자신들이 아프리카로부터 물려받은 유산에 대해 아무런 자부심도 느끼지 못했다. 그들은 그렇다는 것조차 아예 모르고 있었다. 그건 사실이다! 프랑스에서 머무르던 당시 아버지는 레제콜가衝를 오가는 길로는 발도 들여놓지 않았는데, 알리운 디옵의 주도로 『프레장스 아프리캔*Présence africaine*』을 발간하는 잡지사가 거기 있었다. 아버지도 어머니나 마찬가지로 오로지 서구문화만이 존재할 가치가 있다고 믿었고 그걸 습득하게 해준 프랑스에 감사하는 모습을 보였다. 그러는 동시에, 어머니도 아버지도 피부색으로 인한 열등감은 조금도 느끼지 않았다. 그들은 자신들이 가장 총명하고 가장 지적이라고 믿었는데, 그 확실한 증거는, 자신들이 속한 "위대한 흑인 혈통"의 전진.

이런 게 '소외된다'는 걸까?

나의 탄생

    아버지는 늘 그렇듯 무심해서 선호하는 성별이 없었다. 어머니, 나의 어머니는 딸을 바랐다. 이미 딸 셋에 아들 넷을 둔 가정이었다. 딸이 태어나면 양쪽이 똑같아진다. 어머니는 상당한 나이에 육체 행위를 하다가 현장에서 들킨 것 같은 수치심이 지나가고 나자, 자신의 상태에 커다란 기쁨을 느꼈다. 심지어 자부심까지도. 그녀의 육체는 꽃이 피지 않고 말라버린 나무였다. 그런데 그 나무에 열매가 맺힐 수 있는 게 아닌가. 거울 앞에서 자신의 배가 둥그레지는 걸, 한 쌍의 다정한 산비둘기처럼 가슴이 다시 부푸는 걸 홀려서 바라봤다. 모두가 그녀의 아름다움에 찬사를 보냈다. 다시 한번 찾아온 젊음이 피를 달음질치게 하고 피부와 두 눈에서 빛이 나게 했기 때문이다. 주름이 기적처럼 펴졌다. 어머니는 자라고 또 자라서 숲처럼 풍성해진 머리카락을 틀어올리면서 노래를 흥얼댔는데, 이는 무척 드문 일로, 어머니는 오 년 전에 돌아가신 외할머니가 크레올어로 된 그 오래된 노래를 부르는 걸 들어봤더랬다.

흰머리 쉬라
흰 비둘기를 닮았네
잿빛 머리 쉬라
멧비둘기를 닮았네

하지만 그러한 어머니의 상태가 빠르게 고약한 임신으로 바뀌었다. 구역질이 멈추자 구토가 그뒤를 이었다. 그다음은 불면. 그다음은 근육경직. 날카로운 집게로 장딴지를 절단하는 듯한 고통이 끈질기게 괴롭혔다. 사 개월째부터는 기진맥진해서 조금만 움직여도 땀에 흠뻑 젖었다. 어머니는 손목에 힘이 다 빠졌는데도 파라솔을 들고 사순절의 찌는 듯한 열기 속으로 몸을 밀어냈고, 고집스럽게 뒤부샤주까지 가서 수업을 계속했다. 당시에는 산전에 사 주, 산후에 육 주 혹은 그 반대로 갖는 그 '터무니없는' 출산휴가라는 걸 몰랐다. 여자들은 출산 전날까지 일했다. 어머니는 기진맥진해서 학교에 도착하고 나면, 친구인 교장 마리 셀라니의 집무실 안락의자에 털썩 몸을 부렸다. 교장은 내심으로는 마흔이 넘어서, 나아가 육체적으로 노쇠하기까지 한 남편과 더는 잠자리를 갖는 게 아니라는 생각이었다. 그런 건 젊은 애들에게나 좋은 거지. 하지만 그녀는 그다지 인정스럽지 않은 그런 생각을 조금도 내비치지 않았다. 그저 친구의 이마에 흐르는 땀을 닦아줬고, 박하주를 살짝 푼 얼음물을 마시라고 줬다. 어머니는 그 복합 음료의 화끈함 덕분에 정상적인 호흡을 되찾고서 수업을 하러 갔다. 학생들은 그녀를 무서워했기에, 교사가 오기를 기다리면서도 그 기회를 이용해 난장판은 벌이지 않았다. 학생들은 능청스레 공책을 뚫어져라 내려다봤다.

이제는 고역이 된 미사가 있는 일요일 말고도 학교에 가지 않는 목요일이 있어서 다행히 쉴 수 있었다. 그날 언니들은 기척도 내지 말라는 명령을 받았다. 어머니는 수놓은 천으로 만든 시트로 산만한 몸뚱어리를 덮고서 계속 침대에 누워 있었는데, 덧창을 전부 내려놔서 방안은 어슴푸레했다. 선풍기가 윙윙 돌았다. 열시쯤이면, 살림을 맡은 가정부 지탄이 먼지떨이로 가구 위를 쓸고, 양탄자를 두드려 먼지를 털어내고, 일하는 짬짬이 키올롤로*를 수도 없이 마시고 난 다음이었다. 지탄은 그 시간 즈음하여

---

* 연하게 내린 커피를 지칭하는 크레올어.

더운 물을 담은 물병들을 들고 가서 어머니의 단장을 도왔다. 어머니가 불쑥 튀어나온 배꼽이 자리한 포탄 모양의 배를 내밀고 아연욕조에 앉아 있으면, 지탄이 수세미로 등을 문질러줬다. 그러고 나면 목욕타월로 어머니의 몸을 닦아준 뒤, 기름에 튀겨내려고 밀가루를 묻힌 생선처럼 허옇게 되도록 탤컴파우더를 뿌려줬고, 드론워크 기법으로 수놓은 면나이트가운 입는 걸 도와줬다. 그러고 나면 어머니는 다시 자리에 들었고 아버지가 돌아올 때까지 졸았다. 요리사가 블랑 드 풀레, 볼로방 드 랑비, 쾨유테 드 샤트루, 우아수 아 라 나주 등* 이런저런 요리를 해다 바쳐도 소용이 없었다. 입덧이 심한 어머니는 쟁반을 밀어내며 속상해했다.

"아크라 피스케트**를 먹고 싶어!"

요리사가 낙심하지 않고 다시 급하게 화덕 뒤로 달려가는 동안, 인내심이 바닥난 아버지는 아내가 자기 몸을 지나치게 돌본다고 생각하면서도 속마음을 드러내는 건 자제했고, 『누벨리스트Nouvelliste』 신문이나 열중해서 읽었다. 아버지는 오후 두시쯤 축축한 이마에 급하게 입을 맞추고 오렌지꽃과 아위 향을 풍기

---

* 각각 닭고기, 어패류, 낙지, 새우를 주재료로 하는 과들루프의 요리들.
** 멸칫과의 생선 튀김 요리.

는 침실을 떠나 태양을 되찾게 되면 해방감을 느꼈다. 이 모든 역겨운 일들에서 벗어나 있는 게 얼마나 다행인지! 생리, 임신, 분만, 폐경이라니! 남자임이 만족스러워서 가슴을 내밀고 뽐내며 빅투아르광장을 가로질렀다. 사람들이 그를 알아봤고, 자만심 가득한 사람으로 여겼는데, 실제 모습 그대로 봤다는 소리다. 어머니가 싫어한다는 이유로 소홀히 했던 친구들과 다시 가까워져도, 전혀 죄를 짓는 게 아닌 시기였다. 아버지는 어머니가 저속하다고 생각하는 도미노 놀이나 블로트 카드놀이에도 다시 취미를 붙였고, 몬테크리스토 시가를 엄청나게 피워댔다.

칠 개월째에 가까워지자 어머니는 다리가 붓기 시작했다. 어느 날 아침잠에서 깼더니, 부푼 핏줄이 얼기설기 돋아난 기둥 같은 두 다리를 가까스로 움직일까 말까 할 정도였다. 단백뇨가 나온다는 심각한 신호였다. 멜라스 의사는 당장 학교를 그만두고 절대안정을 취할 것과 소금 한 톨도 들어가지 않는 철저한 저염식을 처방했다. 그때부터 어머니는 과일로 연명했다. 사포딜라.* 바나나. 포도. 특히 베베카덤 비누 광고에 등장하는 통통한 아기의 볼처럼 둥글고 빨간 프랑스 사과. 아버지는 부두에서 상점을

---

* 아메리카대륙의 열대 과수로. 열매는 달고 껍질의 즙은 껌의 원료인 치클로 쓰인다.

운영하는 친구에게 프랑스 사과를 여러 바구니씩 주문하곤 했다. 요리사가 그 과일들에 흑설탕과 계피를 넣고 폭폭 고았고, 과일 조림을 넣은 도넛을 만들었다. 금방 익는 이 과일 향내가 일층부터 삼층 침실들까지 가리지 않고 끈질기게 스며들어서, 언니 오빠들의 속을 울렁거리게 했다.

매일 오후 다섯시쯤, 어머니의 친한 친구들이 침대 주위에 둘러앉았다. 아버지와 마찬가지로 어머니 친구들도 어머니가 지나치게 자기 몸을 돌본다고 생각했다. 그래서 어머니가 불평을 늘어놓기 시작하면 못 들은 척하면서 라푸앵트의 소식들을 들려줬다. 영세領洗, 결혼, 사망. 건축자재를 파는 프라벨이 성냥처럼 불타버렸다고! 상상이 가? 잔해만 남았는데 거기서 노동자 다섯 명과 프라벨의 불타버린 시신을 끌어냈어. 그 인간 토착 백인인 주제에 악랄했다고, 그 인간들은 다 그 모양이라고 사람들이 놀려댔지. 파업 이야기도 나왔다. 평소에도 사회문제에는 조금도 신경쓰지 않던 어머니라, 그 어느 때보다도 그런 문제에 관심이 없었다. 내가 뱃속에서 움직인 터라 어머니의 관심은 다시 자신에게로 향했다. 내가 처음으로 발길질을 했던 거다. 그것도 엄청난! 그런 일이 벌어지면 안 되겠지만, 만약 내가 남자애였더라면 난 일류 축구선수가 됐을 텐데.

어머니의 출산일이 닥치고야 말았다. 어머니는 너무나 거대해져서 이제는 욕조에도 들어가지 않고서 침대 혹은 흔들의자에서 시간을 보내던 중이었다. 어머니는 라탄바구니 세 개를 내 용품들로 채운 뒤 친구들에게 보여주며 그들의 감탄을 자아냈다. 고급 삼베나 비단 혹은 레이스로 만든 배내옷과 DMC 자수실로 짠 신발, 두건 달린 망토, 헝겊모자, 턱받이 등 몽땅 분홍색 물품들로 채운 바구니 하나. 내의와—타월 혹은 면으로 된—두 가지 품질의 기저귀들로 채운 또다른 바구니 하나. 수놓은 시트들, 누비이불들, 수건들 등으로 채운 세번째 바구니…… 풀 먹인 두꺼운 종이로 만든 예쁜 상자에는 보석류가, 그러니까 이름을 새기지 않은, 당연하지 않은가, 팔찌 하나와 성물 메달이 주렁주렁 달린 목걸이 하나, 그리고 하트 모양 브로치 하나가 들어 있었다. 그러고 나면 어머니를 보러 온 친구들은 가장 중요하고 은밀한 장소로, 즉 부모 침실 옆구리에 붙어 있던 잡동사니 방을 개조해서 나를 위해 마련한 방으로 발끝으로 걸어들어갔다. 벽에는 성모 방문과 가브리엘 대천사와 천사의 손에 들린 백합을 그린 복제화를 걸어둬서 어린 시절 나는 내내 그 그림을 보고 자랐으며, 침대 머리맡에는 중국풍 탑 모양의 작은 전등을 놔둬서 장밋빛을 은은히 뿜어냈는데, 이 두 가지는 어머니의 자랑거리였다.

하지만 카니발 기간이어서, 라푸앵트는 열기에 휩싸여 있었다. 사실 카니발은 두 종류였다. 가장한 아가씨들이 수레를 타고 빅투아르광장을 도는 부르주아의 카니발이 하나 있고, 또다른 하나는 민중의 카니발인데, 이게 유일하게 중요한 거였다. 일요일마다 카니발 가면을 쓴 무리가 변두리에서 나와 도심으로 몰려들었다. 몸에 이파리를 두른 무리, 황소 뿔을 쓴 무리, 몸에 시커먼 당밀을 칠한 무리. 카니발 복장에 장대발로 걷는 모코좀비 무리. 채찍들이 휙휙 허공을 가른다. 호각소리가 고막을 뚫고, 둥둥 울리는 그오카 소리에 맞춰 태양이 양동이를 기울여 황금빛 물감을 쏟아낸다. 수많은 가면이 거리를 가득 메웠고 온갖 익살스러운 말들을 지어내며 거리를 종횡무진 누볐다. 사람들이 인도로 몰려들어 가면들을 구경하느라 서로 밀쳐댔다. 운좋고 잘사는 사람들은 집 발코니에 우글우글 모여 기세 좋게 동전을 던져줬다. 그 기간에는 상드리노를 집에 묶어둘 수 없었다. 어느새 사라져버렸다. 가끔 찾으러 나간 하녀들이 술에 취한 그를 발견했는데, 옷에는 락스로도 지워지지 않는 얼룩들이 묻어 있었다. 하지만 그런 일은 드물었다. 보통 자정에는 나타났고, 불평한마디 없이 아버지가 휘두르는 가죽채찍을 고스란히 맞았다.

'참회의 화요일'로 불리는 마르디그라 카니발이 있던 아침 열시경, 어머니에게 갑자기 고통이 닥쳤고, 어머니는 무슨 고통인지 알아차렸다. 첫번째 수축이었다. 곧 진통이 일정 간격을 두고 찾아오면서 어머니는 안정이 되었다. 서둘러 데려온 의사 멜라

28

스가 진찰을 해보고는, 내일이나 되어야지, 그전에는 아무 일도 없을 거라고 장담했다. 정오에 어머니는 요리사가 만들어준 튀김 요리를 왕성한 식욕으로 먹어치우고는 심지어 더 달라고 요구했고, 아버지와 함께 발포성 포도주를 한 잔 따라서 축배를 들었다. 기운이 넘친 어머니는 지탄이 방금 뒤고미에가(街) 모퉁이에서 셔츠 자락을 깃발처럼 펄럭이고 있던 상드리노를 잡아온지라, 아들에게 들려줄 설교까지 작성했다. 곧 선하신 하느님이 어린 여동생(혹은 어린 남동생)을 선물할 테니, 상드리노에게는 충고와 옳은 본보기로 그 어린 동생을 이끌 의무가 생기는 거다. 못된 장난이나 칠 때가 아니었다. 상드리노는 부모가 무슨 말이든지 했다 하면 늘 그랬듯이 의심쩍다는 표정으로 귀를 기울였다. 그는 그 누구한테도 본보기가 되고 싶은 생각이 전혀 없었고 갓난쟁이 따위에게는 아무런 관심이 없었다. 하지만 오빠가 내게 분명히 말해줬는데, 몇 시간 뒤 공주님에게나 어울릴 옷을 입고 있는 못생기고 비리비리해 보이는 날 보자마자 곧 내가 좋아졌단다.

오후 한시, 변두리 구석구석에서 쏟아져나온 가면들이 라푸앵트로 몰려들었다. 둥둥, 그오카 소리가 하늘을 떠받친다는 기둥들이 흔들릴 정도로 울려퍼지자, 마치 그 신호만을 기다렸다는 듯 어머니에게서 양수가 터졌다. 아버지, 언니 오빠들, 하녀들이

기겁을 했다. 그럴 필요까진 없었는데! 난 두 시간 뒤 태어났다. 멜라스 의사가 도착했고, 그 넓적한 두 손으로 온통 미끌거리는 나를 받았다. 멜라스 의사는 자기 말에 귀기울이는 사람 아무나 붙잡고 내가 우체통에 집어넣은 편지처럼 쑥 빠져나왔다고 연신 말해댔음에 틀림없다.

겁에 질린 나의 첫번째 울부짖음이 도심의 환호에 파묻혀 울려퍼지지 못했다고 생각하니 기분좋다. 그건 하나의 징조, 웃는 겉모습 아래로 가장 커다란 슬픔도 숨길 줄 알게 되리라는 징조였으리라 믿으련다. 에밀리아 언니도 7월 14일의 폭죽과 불꽃놀이 한가운데에서 태어났기 때문에 언니가 원망스러웠다. 내가 보기에 언니만의 독특한 성격은 언니가 내 탄생에서 훔쳐간 것에서 비롯되었다. 나는 한 달 뒤 성대하게 영세를 받았다. 대가족일 경우 흔히 그러듯이, 르네 오빠와 에밀리아 언니가 대부와 대모가 되어주었다.

하루에도 열 번씩, 어머니가 내가 태어나기 전의 특별할 것 없는 사건들, 월식도 일식도 아니요 하늘에 뜬 별들이 겹치는 것도 아니요 땅의 뒤흔들림도 아니요 태풍도 아닌, 그런 사건들을 시시콜콜 이야기해줄 때, 난 어머니 무릎에 앉아 그 품에 기대고 있던 아주 어린 아이였다. 그 어떤 이야기를 들어도 내가 왜 어머니 뱃속에 있지 않고 나왔는지 이해할 수 없었다. 열 달 동안 내게 돋아난 지느러미를 움직여 아무것도 안 보이는 가운데 행복하게 어둠 속을 돌아다녔더랬는데, 이제 그 어둠을 상실한 내 마음은 주위 세상의 색채와 빛들로도 위로가 되진 않았다. 내가 원하는 건 단 하나였다. 내가 떠나왔던 그곳으로 되돌아가기. 그래서 행복을 되찾기. 알고 있었다시피, 다시는 맛보지 못할 그 행복을.

계급투쟁

내가 자랄 때는 라푸앵트에 어린이집도 놀이방도 없었다. 그래서 사립학교들이 성행했다. 그중 몇은 '몽데지르 사숙私塾' 같은 거창한 이름을 갖다 썼다. '꼬마들'같이 재미있는 이름도 있었다. 하지만 가장 잘나가는 곳, 그러니까 대부르주아로 자처하는 사람들이 자녀들을 보내는 학교는 발레리 라마와 아델라이드 라마, 두 자매가 운영하는 학교였다. 그 학교는 생피에르에생폴 성당 뒤쪽의 조용한 작은 골목에 위치한 이층짜리 건물 일층에 있었는데, 그 건물은 놀이에 열중한 학생들 위로 계절에 상관없이 그늘을 드리워주는 망고나무가 늘어선 정원을 향하고 있었다. 라마 자매는 처음 보면 똑같아 보이는 두 명의 노처녀였다. 피부는 어찌나 까만지 거의 푸른빛이 돌았다. 날씬하다못해 삐

쩍 말랐다. 정성 들여 편 곱슬머리는 틀어올렸다. 건기에도 우기에도 늘 어두운 색깔의 옷을 입고 있어서 마치 남편이나 자식을 잃고 상중인 느낌이었다. 그렇다 해도 두 사람을 가까이에서 관찰해보면, 발레리에게는 윗입술 위에 소매 단추보다 조금 더 큰 애교점이 있고, 아델라이드에게는 행운을 가져다준다는 살짝 벌어진 이가 웃을 때 보인다는 것, 그리고 어쨌든 융통성이 조금 더 있다는 걸 알 수 있었다. 아델라이드는 가끔 원피스에 레이스로 짠 옷깃을 달았고, 종종 하얀색 속치마가 밑으로 빠져나와 있었다.

아델라이드나 발레리나 엄청난 교양의 소유자였다. 자매가 공동으로 사용하는 이층 집무실에 들어가본 사람들은 가죽 장정본들로 완전히 뒤덮인 벽들을 발견하고 감탄해 마지않았다. 빅토르 위고 전집. 발자크 전집. 에밀 졸라 전집. 화려한 콧수염이 양옆에 뻗어 있어서 재미있긴 하지만, 고인이 된 자매 아버지의 엄격한 얼굴이 들어 있는 육중한 액자 역시 감탄을 자아냈다. 그는 과들루프 최초의 흑인 예심판사였다. 무슨 이유인지는 모르겠지만 라마 자매를 좋아하지 않았던 어머니는, 그 훌륭한 가계가 스러져갈 지경이 된 것을 몹시 안타까워했다. 왜 발레리도 아델라이드도 자기들 취향에 맞는 구혼자들을 발견하지 못했을까? 나의 어머니는 명성이 워낙 자자했던지라, 처음에 라마 자매는 자신들이 〈자크 수도사〉나 〈양배추를 심을 줄 아세요〉 같은 노래를 가르쳐주던 어린 여자애들 사이에 나를 끼워주려고 하지 않았다. 자매는 체벌받아 마땅하다 싶을 때마다 나를 체벌할 수 있다는 조건이 받아들여지자, 그제야 의견을 굽혔다. 어머니는 불평이 대단했다.

"체벌이라니, 그게 뭔 소리야? 누가 내 아이를 건드리는 건 안돼!"

하지만 예외적으로 이번만은 아버지가 최후의 결정을 내렸고, 나는 입학했다. 처음 몇 해 동안 내게 학교는 기쁨이었다. 학교에 대한 증오가 시작되기 전이어서 아직은 학교를 아무런 의미도 없는 규칙들을 따라야만 하는 감옥으로는 여기지 않았다.

우리 주변에선 어머니들이 전부 다 일을 했고, 그게 그들에게는 커다란 자부심이었다. 대부분이 교사였고 자신들의 어머니 세대를 그토록 초췌하게 만들던 육체노동에 강한 경멸을 품고 있었다. 집에 있던 어머니가 빨래를 하고 뜨거운 다리미로 다림질을 하느라 혹은 뿌리채소를 삶느라 하루를 쓰고 난 뒤, 후줄근한 튜닉 차림으로 문간에 서서 요란한 키스로 우리를 맞아주거나, 저녁이면 잠바나 라팽*이 등장하는 크레올의 전래동화들을

---

* 크레올의 전래동화에 등장하는 캐릭터로, 영리한 라팽은 토끼로, 우둔한 잠바

이야기해주는 일이 우리에게는 없었다. 다섯 살 때, 우리는 『당나귀 가죽을 쓴 공주Peau d'Âne』의 불행에 대해 모르는 게 없었다. 일곱 살 때는 『소피의 불행Les Malheurs de Sophie』에 대해서도 그랬다.* 아버지들 역시 넥타이를 매고 빳빳하게 풀을 먹인 흰색의 면직물 양복을 입고 본토인들이 쓰는 헬멧형 모자를 쓰고, 그런다고 굵은 땀방울이 뚝뚝 떨어지는 걸 막을 수는 없었지만, 어쨌든 그런 차림으로 이른 시각에 출근했다. 그래서 한동네 사는 아이들을 모두 모아 하녀 한 명이 인솔하여 학교로 데려다줬다. 이 일을 맡는 하녀는 전적으로 신뢰할 수 있는 사람이어야 했다. 학부모 회의에서 클라비에네 하녀인 올가는 만장일치로 거부했는데, 올가는 카니발 축제의 가면단 일원으로 카니발이 열리면 시커먼 당밀을 온몸에 바르고 골목골목을 쏘다니는 살짝 이상한 여자였다. 로조네 하녀 역시 거부당했는데, 골목 귀퉁이에 버티고서 애인들과 이야기를 나누는 유감스러운 습관이 있어서였다. 에캉빌네 하녀는 너무 어렸다.

그래서 오십 줄에 들어선 우리집 하녀 마돈느에게로 선택이

는 하이에나 혹은 코끼리로 표현된다.

* 각각 샤를 페로가 정리한 전래동화와 세귀르 백작부인이 지은 동화의 제목들로, 서구유럽의 어린이들이 자라면서 읽기 마련인 동화들이다.

쏠렸다. 키 크고 침울한 흰검둥이*로, 자기 아이 여섯은 위돌 구 릉에 있는 집에서 자기네끼리 되는대로 살라고 내버려두고, 새 벽 다섯시부터 우리집 부엌에서 커피를 내렸다. 마돈느는 엄격 하지 않았다. 그저 앞장서서 걷다가 가끔 나를 향해 손뼉을 치는 선에서 그쳤는데, 내가 눈이 시릴 때까지 고개를 쳐들고 눈부신 태양을 쳐다보거나 상상 속 쾌거를 만끽하느라 무리에서 늘 처 지기 때문이었다. 내가 콩들을 꿰어 목걸이를 만들 생각으로 빅 투아르광장에서 붉은 강낭콩을 모으고 있어도 내버려뒀다. 마 돈느는 지름길로 가는 대신 골목골목을 돌아서 갔다. 바로 그런 이유들로 비극적 사건이 닥쳤을 때 우리 모두 커다란 슬픔에 잠 겼다.

어느 날 아침, 마돈느가 일터에 나타나지 않는 용서할 수 없는 잘못을 저질렀다. 언니 중 한 명이 아침식사를 준비해야 했다. 또다른 언니는 우리를 학교로 데려다줘야 했다. 하루가 저물 무 렵, 예상치 못했던 시각에 마돈느의 아들 하나가 우리집에 나타 났다. 그가 엉터리 프랑스어로, 누이가 몹시 아파서 어머니가 누 이를 생쥘의료원으로 데려가야 했고, 그달 치 봉급을 당겨받는

---

* '샤뱅chabin/chaben'은 금발, 적갈색 머리, 회색이나 녹색 눈 등 백인의 형질 을 가진 흑인을 가리키는 크레올어.

것뿐만 아니라 며칠간 휴가를 요청한다고 말했다. 어머니는 재빨리 계산한 뒤 줘야 할 돈을 주고는 그 자리에서 마돈느를 해고했는데, 다른 학부모들은 이 행동을 둘러싸고 의견이 분분했다. 대체로는 어머니가 잘못했다는 견해였다. 사람들이 이미 알고 있다시피, 인정머리없는 사람이라는 거였다. 그뒤로 테레사 언니가 우리를 라마 자매에게 데려다주는 일을 맡았던 것 같다. 그로부터 며칠 뒤, 내가 늘 그렇듯이 무리에서 한참 뒤처져 발을 질질 끌며 걸어가다가, 육중하고 키가 큰, 어쨌든 내 눈엔 그렇게 보였는데, 그런 남자애랑 정면으로 맞닥뜨렸다. 그애는 나만 들을 수 있게 크레올 말로 중얼거렸다.

"부-콜-롱."(그애는 이 세 음절을 무시무시하게 짓씹듯 발음했다.) "내가 널 죽일 거야!"

그러더니 말한 대로 행동하려는 듯이 더욱더 무시무시한 표정으로 성큼 다가왔다. 걸음아 날 살려라, 나는 안전지대인 작은 무리의 선두로 냅다 뛰어갔다. 다음날 아침, 그애는 보이지 않았다. 저런! 오후 네시에 거리 모퉁이에 서 있는 그애의 모습을 알아봤고 두려움으로 가슴이 벌렁거렸다. 제일 고약한 건 그애는 모든 면에서 평범한 어린애였다는 거다. 다른 애보다 더 더러운 것도 아니고 더 매무새가 엉망인 것도 아니었다. 반팔 셔츠에 카키색 반바지, 발에는 샌들. 테레즈 언니가 어리둥절하게도, 난 언니 손을 꽉 붙들고 집으로 돌아갔다. 며칠 동안 그애는 다시 모습을 보이지 않았고, 난 악몽을 꾼 거라 생각하려 했다. 그러고는 잘도 잊어버렸는데, 그애가 다시 나타났을 때 나는 깨금발로 깡충거리며 중얼중얼 이야기를 지어내고 있었다. 그애는 이번엔 날 위협하는 걸로 만족하지 못했다. 내 옆구리를 확 떠밀었고, 나는 땅바닥에 나뒹굴었다. 내 격렬한 울부짖음을 듣고 테레즈가 다가왔을 때는 그애가 떠난 뒤였다. 언니는 내가 늘 거짓말을 하니 이번에도 거짓말이라고 장담했는데, 식구들도 집에서 같은 말을 했다. 그런 영악한 짓거리가 몇 주를 갔던 것 같다. 그애는 아침엔 드물게 나타났고 오후에도 규칙적이지는 않았다. 이제는 결코 그애를 다시 볼 일이 없을 거라고 마음을 놓자마자, 그애는 더더욱 무시무시해져서 모습을 드러냈다. 대부분의 경우 그애는 나를 건드리지 못했다. 그래서 멀찌감치 떨어져서 나를 향해, 얼굴을 찡그려 가장 끔찍한 표정을 지어 보이고 가장 음란한 동작들을 하는 걸로 그쳤다. 이제 나는 바깥에 나갈 수밖에 없는 일이 생겼다 하면 울음을 터뜨리고, 등굣길 내내 테레즈의 치맛자락에 절망적으로 들러붙게 되었다. 나의 이상한 짓이 계속되자 불안해진 어머니가 나를 멜라스 의사에게 데려가 진찰을 받게 하려던 참에, 드디어 아델라이드 라마가 하교시간에 자주 학교 주위를 배회하는 남자애의 존재를 알아차렸다. 그녀가 가

까이 다가가려고 하자, 그애는 양심에 가책을 느끼는 사람처럼
달아났다. 그애에 대한 묘사가 내가 했던 묘사와 일치했다. 그애
는 부랑아와도 건달과도 닮지 않았다. 어쩌면 고아랄까. 이제 사
람들이 내 말을 믿어줬다. 그때부터 아버지가 학교 갈 때 직접
나를 데리고 갔다. 아버지의 손이 헌병 수갑처럼 딱딱하게 내 손
목을 옥죘다. 아버지가 너무 빠르게 걸어서 발걸음을 맞추자면
달음질을 쳐야 했다. 아버지는 조심하라고 경적을 울리는 자동
차들 코앞에서 거인의 발걸음으로 성큼성큼 거리를 가로질렀다.
어쨌든 목표는 달성했다. 그애는 겁을 먹었다. 자취를 감췄다.
영원히.

저마다 이 이상한 일을 두고 설명을 찾아다녔다. 나를 공격한
애는 누구였을까? 그애가 정말 내게 원했던 건 무엇이었을까?
부모님은 내게 자신들이 찾아낸 설명을 내놨다. 세상은 두 계급
으로 나뉘어 있다. 옷을 잘 입고, 좋은 신발을 신고, 배움을 통해
훌륭한 사람이 되려고 학교에 가는 아이들이 속한 계급이 있다.
또다른 계급은, 다른 계급 애들에게 해코지할 궁리만 하는 흉악
하고 시샘 많은 애들이 속한 계급이다. 따라서 첫번째 계급의 애
들은 절대 나돌아다니지 말아야 하며 언제라도 스스로를 보호할
줄 알아야 한다.

상드리노의 설명이 내게는 더 매혹적이었다. 오빠의 설명이

더 몽상적이라서 더 설득된 것이다. 오빠의 설명에 따르면, 마돈느의 딸이 생쥘의료원에서 죽었고, 그래서 상복을 입은 마돈느가 우리 동네를 지나가는 모습을 오빠가 여러 번 목격했단다. 그 집 아들이 우리 가족이 마돈느를 상대로 저지른 부당함과 어머니의 불행에 격분하여 복수하려는 마음을 먹었다는 것이다. 그래서 우리 식구 중 가장 연약한 나를—어쩌면 비겁하게도—공격했던 거고.

"신 포도를 먹어치운 사람은 아버지인데, 그 자식의 이가 대신 시린 격이랄까." 상드리노가 진중히 내린 결론이었다.

이블리즈

    나의 가장 친한 친구는 뒤부샤주초등학교 시절부터 알던 애로, 이름은 이블리즈였다. 그애는 상냥하고 잠자리처럼 생글거렸고, 주위 사람들 평가로는 내 성격이 변덕스러운 만큼 그애 성격은 한결같았다. 난 아버지 이름 이브와 어머니 이름 리즈를 합해서 만든 그애 이름이 부러웠다. 내 이름이 좋은 적은 거의 없었으니까. 내가 태어나기 직전에 나로서는 알지 못하는 공습을 완수했던 두 명의 용감한 여자 조종사 이름이 내 이름이라고 어머니 아버지가 되풀이해 말해줘봤자 소용없었고, 그런 건 내게 인상적이지 않았다. 이블리즈와 내가 서로 팔짱을 끼고 빅투아르광장을 걸어갈 때면 라푸앵트의 친족관계들에 대해 아는 게 별로 없는 사람들은 우리에게 쌍둥이냐고 물었다. 우리는 서로

닮지 않았지만 피부색은 똑같아서 너무 새까맣지도 않고 붉은빛을 띠지도 않았으며, 키도 비슷했고, 비슷하게 앙상한 다리에 무릎뼈가 툭 불거졌으며, 비슷한 원피스를 입는 일이 종종 있었다.

비록 열 살 정도 어리지만, 리즈는 어머니의 가장 친한 친구들 축에 끼었다. 이블리즈의 어머니도 나의 어머니도 사회에서 부러움을 받는 지위를 동일하게 누리고 있었는데, 둘 다 교사였고 물질적으로 유복한 남자들과 결혼했다. 하지만 나의 어머니가 의지하고 있는 배우자가 흠잡을 데 없는 배우자인 반면, 이브는 완벽한 바람둥이였다. 리즈는 나의 어머니를 제외하고는 하녀도 친구도 곁에 둘 수 없었다. 이브가 시골 친척들이 교육을 위해서 맡긴 모든 어린 여자애들의 배를 부르게 해버렸다. 사실, 리즈와 어머니가 함께 있을 때면, 어머니는 불운한 부부생활에 대한 가슴 에는 이야기를 들어주고 아낌없이 충고를 해주느라 시간을 보냈다. 어머니는 빙빙 돌려서 말하지 않았고, 아이들 양육비를 왕창 받아내고 이혼하라고 권했다. 리즈는 못 들은 척했는데, 아무리 바람둥이일지라도 자신과 함께 사는 그 근사한 검둥이에게 반했기 때문이었다.

이블리즈가 레자빔가街를 떠나 알렉상드르이자크가에 살러 왔을 때 나의 행복은 절정에 달했다. 우리 옆집인데다가 우리집과 비슷하게 아름다웠다. 흰색과 푸른색으로 칠한 삼층짜리 집. 발코니에 놓인 부겐빌레아 화분들. 전기. 수도. 숙제와 복습을 돕는다는 구실로 나는 늘 이블리즈네에 처박혀 있었다. 그 집에서 살 수 있다면 좋았을 텐데. 이블리즈의 어머니는 사랑의 환멸에 온 정신이 팔려서 우리 등뒤에 딱 붙어 있지 않았다. 그애의 아버지는 어쩌다 집에 붙어 있는 날이면, 웃기 잘하고 농담 잘하는 유쾌한 사나이 행세를 했다. 물론 나의 아버지같이 거드름 피우는 사람은 아니었다. 그리고 무엇보다도, 별것도 아닌 이런저런 일로, 그 아이의 오빠 셋은 뻑하면 팬티를 내리고 내게 꼬추를 보여줬다. 이따금씩 내가 만져도 내버려뒀다.

우리 둘은 아침이면 책가방을 메고, 우리를 호위하기에는 여자애를 쫓느라 너무 바쁜 이블리즈의 오빠들과 함께, 새로운 학교인 프티리세를 향해 발맞춰 총총 걸었다. 우리 세상, 그러니까 아이들 세상인 듯한 도시에서 그렇게 바삐 걸어가며 느꼈던 행복감이 여전히 생생하다. 태양은 클래랭 럼주처럼 보글보글 솟아올랐다. 마리갈랑트섬의 범선들이 뱃도랑으로 밀려들었다. 널찍한 엉덩이로 땅바닥에 퍼질러 앉은 여인네들이 돼지감자와 짭짤한 전병을 권했다. 양철컵에 사탕수수즙을 담아 파는 사람들도 있었다. 우리가 새로 입학한 학교는 최근에 강베타가(街)에 문을 열었고, 우리의 부모들은 순수한 허영심에서 우리를 그곳에 등록시키려고 몰려들어 서로를 밀쳐댔다. 나는 그곳에서 즐겁지 않았다. 우선 교사인 어머니를 둔 아이로서의 인기를 잃어버렸다. 그리고 그곳은 너무 비좁았다. 우리가 살고 있는 주택과 흡사한 부르주아 고택이라서, 욕실과 부엌을 개조해서 교실로 사용했다. 코딱지만한 놀이터에서 난리법석을 떨 수가 없어 우리는 얌전하게 땅따먹기놀이나 했다.

학교에서는 모든 게 이블리즈와 나를 갈라놓았다.

그래, 우린 같은 반이었다. 그래, 우린 종종 비슷한 원피스를 입고 나란히 앉았다. 하지만 내가 별다른 노력을 기울이지 않고도 계속 여기저기서 일등을 했다면, 이블리즈는 넉넉한 꼴찌였다. 그 아이의 부모가 현재의 모습이 아니었더라면 그애는 절대로 프티리세의 문턱을 넘지 못했을 거다. 이블리즈는 책을 읽지 않았고, 말할 때 어름거렸다. 그애는 2에 2를 더하면 신기하게도 무엇이 되는지를 발견하기까지 긴 시간을 생각했다. 그 아이의 받아쓰기에는 틀린 곳이 오십 군데는 되었다. 그리고 머릿속에 라퐁텐 우화 하나도 담아두지 못하는 애였다. 선생님이 이블리즈를 칠판 앞으로 불러내면 어찌나 몸을 비비 꼬고 다리를 떨어대던지, 아이들 웃음소리로 교실이 들썩였다. 이블리즈가 뛰어난 분야는 오로지 솔페지오와 음악이었다. 신이 그 아이에게 꾀꼬리 같은 목소리를 선물했으니까. 피아노 선생님은 〈호프만 이야기〉에 나오는 뱃노래를 이블리즈에게 솔로로 부르게 했다. 이블리즈가 열등생이라는 사실이 우리 관계에 미친 영향은 조금도 없었다. 오히려 나의 보호본능을 일깨울 뿐이었다. 나는 그 아이의 바야르 기사*인 셈이었다. 그애를 놀리려고 드는 여자애들은 우선 나와 집어뜯고 싸워야 했다.

프티리세에서 이블리즈를 예뻐하는 사람이 나만은 아니었다. 우리 담임인 에르누빌 선생님은 이블리즈의 순한 천성 때문에 그 아이를 예뻐했다. 말을 잘 안 들을 뿐만 아니라 상드리노를 흉내내어 모두를 비웃어대는, 선생님이 콕 집어 말하기까지 했는데, 선생님보다 훨씬 더 많이 알고 있는 사람들까지도 비웃어대는 버릇을 가진 아주 고약한 학생이 나였다면, 이블리즈는 그녀의 귀여운 애착인형이었다. 담임선생님이 교장선생님에게, 리즈의 친구니까 이블리즈가 못된 친구를 사귀지 못하게 리즈에게 경고하라고 촉구한 적이 한두 번이 아니었는데, 그 못된 친구의 표상이 나였다. 나도, 그 선생님을 마음속에 품지는 않았다. 그녀는 짤막하고 뚱뚱했다. 백색증환자처럼 피부색이 연했다. 말할 때면 콧소리를 섞는 동시에 목구멍에서 소리를 굴리는 바람에 모든 r 음이 w로 바뀌었고, 모음 앞에는 y 소리가 스며들었

---

* Pierre Terrail de Bayard(1475~1524)는 바야르의 영주로, 이탈리아전쟁에서 수훈을 세웠으며 용감하고 완전무결한 기사의 상징이다.

고, 모든 o는 열린 음으로 발음했다. 받아쓰기 시간에는 '푸앵'을 '프랭'이라고 발음했다. 우리 어머니와는 정반대의 인물이었고 어쩌면 내가 갖고 있는 여성의 이미지와도 이미 정반대인 인물이었다.

나는 우정으로 맺어진 이블리즈와 나의 관계가 영원하며 흔들림 없는 반석 위에 지어진 거라고 생각했다. 하지만 에르누빌 선생님의 고약하고 뒤틀린 생각 때문에 그 관계에 종지부를 찍을 뻔했다.

12월, 그해가 끝나갈 무렵, 그 어느 때보다도 열성과 상상력 측면에서 가장 덜 빛났던 그녀가, 우리에게 독창성이라고는 조금도 없는 작문 주제를 내줬다. "여러분의 가장 친한 친구를 묘사하세요."

그 과제가 너무 지겨웠다. 난 대충 해치워버렸고, 국어 공책을 제출한 뒤로는 더이상 그에 대해 생각하지 않았다. 며칠 뒤, 에르누빌 선생님은 내 과제 첨삭을 다음의 판결문으로 시작했다.

"마리즈, 이블리즈에 대해 그렇게 못된 소리를 많이 썼으니, 방과후 여덟 시간 동안 남는 벌을 받도록."

못된 소리라고? 그러더니 그 가래 끓는 목소리로 내 작문을 읽기 시작했다. "이블리즈는 예쁘지 않다. 똑똑하지도 않다." 아이들은 웃음을 터뜨리며, 이렇게 거친 솔직함에 상처를 입고 비참

48

한 표정이 된 이블리즈를 힐끔댔다. 에르누빌 선생님은 계속해서 내 글을 읽어나갔다. 나는 여전히 능란하지 못한 글솜씨로 열등생과 뛰어난 학생 사이에 존재하는 우정의 신비를 설명하려고 낑낑댔다. 사실, 만약 에르누빌 선생님이 본인 입으로 나의 악행이라고 부르는 것에 대한 보고서를 작성해 교장에게 제출하겠다는 결심을 하지 않았더라면, 이 일은 거기서, 그러니까 학생들이 몇 번 놀리고 슬픔을 오래 담아두는 법이 없는 이블리즈가 잠깐 뾰로통해 있는 걸로 그칠 수도 있었다. 교장은 격분해서 이블리즈의 어머니에게 알렸고, 이블리즈의 어머니는 우리 어머니에게 애 교육을 어떻게 시킨 거냐고 격렬하게 비난했다. 내가 그 집 딸을 아둔하고 못생긴 애 취급을 했단다. 지가 뭐라도 되는 줄 아나, 응? 나는 방구 소리마저도 요란한 집안의, 실제와 달리 스스로가 대단한 사람인 줄 착각하는 검둥이 집안의 막내가 되었다. 어머니는 그런 말에 분개했다. 아버지도 마찬가지였다. 이번에는 이블리즈의 아버지가 성을 냈다. 한마디로, 어른들이 끼어들었고 이 다툼의 기원에 아이들이 있다는 건 잊었다. 그 결과는 이블리즈의 집에 가지 말라는 어머니의 금지령이었다.

난 그 말에 복종해야 했고 죽을 것처럼 괴로웠다. 아이에게 우정은 사랑의 격렬함과 맞먹는다. 이블리즈를 뺏기고 나는 치통처럼 날카롭고 계속되는 고통을 느꼈다. 더는 잠을 자지 못했다.

배도 고프지 않았고 원피스가 헐렁헐렁 남아돌았다. 그 어떤 걸로도 즐거워지지 않았다. 크리스마스에 받은 반짝반짝 새 장난감도, 상드리노의 광대 짓도, 르네상스영화관에서 오전에 상영하는 영화조차도. 영화를 그렇게 좋아하는 나였지만, 셜리 템플이 나오는 영화인데도 전혀 관심을 기울일 수가 없었다. 머릿속으로는 내 입장을 설명하고 사과를 전해보려고 이블리즈에게 보낼 편지를 수천 통씩 써대고 있었다. 그런데, 뭐에 대해 사과를 하지? 내게서 어떤 걸 비난하는 걸까? 사실을 말했다고? 이블리즈가 예쁜 것과 거리가 멀었다는 건 사실이다. 그애 어머니도 틈만 났다 하면 한숨을 폭폭 쉬면서 이블리즈에게 그 사실을 상기시켰다. 그애가 학교에서 아무것도 하지 않았다는 것도 사실이다. 모두가 그걸 알았다. 크리스마스 방학이 영원처럼 길었다. 마침내, 프티리세가 다시 문을 열었다. 이블리즈와 나는 학교 놀이터에서 다시 봤다. 소심하게 나를 스쳐가는, 기쁨이 사라진 눈길과 웃음기 없는 그 입술에서, 이블리즈도 나처럼 힘들어한다는 걸 알았다. 난 이블리즈에게 다가갔고 초콜릿바를 내밀면서 애원하는 목소리로 중얼거렸다.

"반 먹을래?"

이블리즈가 고개를 끄덕하더니 내게 용서의 손길을 내밀었다. 수업시간에 우리는 다시 늘 앉던 자리에 앉았고 에르누빌 선생님은 우리를 떼어놓을 엄두를 내지 못했다.

　청소년기가 이운 뒤로 오늘날까지도, 이블리즈와 나의 우정은
또다른 안 좋은 일들을 굳건히 이겨내왔다.

역사 수업

　일곱시를 땡 치자마자 아델리아가 차려주는 저녁을 먹고 난 뒤, 어머니와 아버지는 종종 팔짱을 끼고 시원한 공기를 쐬러 나갔다. 두 사람은 우리집 앞 골목을 쭉 내려가서 앞쪽에 마당과 뒤쪽에 정원을 거느린 웅장한 저택까지 갔는데, 그곳에는 아버지, 어머니, 아이 다섯, 그리고 만틸라를 머리에 쓴 혼기가 꽉 찬 이모로 이루어진 토착 백인 가족인 레베크네가 살고 있었다. 그들은 일요일 미사 때만 모습을 보였는데, 나머지 시간에는 커튼을 치고 문을 꽉 닫고 사는 것 같았다. 그러고 나면 두 사람은 왼쪽으로 꺾었고, 르네상스극장 앞을 지나갈 때면 초창기 미국의 총천연색 영화를 선전하는 포스터들에 경멸의 눈길을 던졌다. 두 사람은 미국에 발을 들여놓은 적도 없으면서 미국을 증오했는데, 이유는 그곳에선 영어로 말하고, 그곳은 프랑스가 아니어서였다. 두 사람은 바다에서 불어오는 미풍을 들이마시면서 뱃도랑을 한 바퀴 돌았고, 소금에 절인 대구 냄새가 늘어진 편도나무 가지에 늘 달라붙어 있는 페르디낭드레셉항구까지 나아갔다가 빅투아르광장을 향해 다시 돌아왔고, 뵈브골목길을 세 차례 오르락내리락하고 나서 벤치에 앉았다. 두 사람은 아홉시 반까지 그곳에 머물렀다. 그러고 나면 동시에 몸을 일으켜 구불구불 똑같은 길을 되밟아 집으로 돌아왔다.

두 사람은 늘 나를 뒤에 달고 다녔다. 어머니가 장년을 훌쩍 넘어선 나이에 이렇게 어린아이를 자녀로 두고 있다는 걸 너무 자랑스럽게 여겨서였고, 또한 내가 멀리 떨어져 있으면 마음을 놓지 못해서이기도 했다. 난, 이런 산책에서 아무런 즐거움도 느끼지 못했다. 언니 오빠들이랑 집에 남았더라면 더 좋았을 거다. 부모님이 등 돌려 나가자마자 그들은 난리법석을 떨기 시작했다. 오빠들은 문간에서 여자 친구들이랑 이야기를 나눴다. 오빠들은 축음기로 과들루프의 춤곡을 틀었고 크레올 말로 온갖 농담을 주거니 받거니 했다. 가정교육을 잘 받고 자란 사람은 길바닥에서 먹는 게 아니라는 핑계로 나의 부모는 저녁 산보 동안 내게 바싹 구운 피스타치오도 카카오 시리얼도 사주지 않았다. 그런 모든 군입거리가 탐이 나서, 내가 입고 있는 옷들이 파리에서 사온 것임에도 불구하고 장사치들이 나를 불쌍히 여길지도 모른다는 희망을 품고, 그들 앞에 버티고 서 있을 수밖에 없었다. 가끔은 그런 잔꾀가 통해서 등잔 불빛에 얼굴 반쪽만 환한 장사치 중 한 명이 그득한 한 손을 내게 내밀기도 했다.

"자, 받아라! 아가!"

게다가 나의 부모는 나한테 거의 신경쓰지 않고 자기네끼리 이야기를 주고받았다. 또 고등학교에서 퇴학당할 위기에 처한 상드리노에 대해. 언니 중 하나가 학교에서 공부를 열심히 하지 않는 문제에 대해. 아버지가 뛰어난 경영인이었던 만큼 금융 투자에 대해. 역시나 특히, 그들의 삶이 성공했듯 성공한 삶을 살아가는 검둥이들이 있다는 사실에 기막혀 하는 라푸앵트 사람들의 모진 마음에 대해. 나의 부모가 갖는 이런 피해망상증 때문에 나는 유년기를 불안 속에서 보냈다. 무명의 평범한 사람들의 딸이 될 수 있었다면 뭐든지 내줬을 거다. 난, 가족이 위협을 당하고 있고 언제라도 그들을 태워버릴 수 있는 용암이 펄펄 끓고 있는 분화구에 노출되어 있다는 인상을 받았다. 상상의 이야기들을 지어내고 끊임없이 부산을 떨면서 그런 감정을 감췄지만, 그 감정이 늘 나를 갉아먹었다.

나의 부모는 항상 야외 음악당 맞은편 벤치에 앉았다. 불청객들이 그 자리를 차지하고 있으면, 어머니는 그들 앞에 버티고 서서 한쪽 발을 까딱거리면서 어찌나 안달난 표정을 짓는지, 앉아 있던 사람들이 곧 물러갔다. 혼자인 나는 될 수 있는 대로 즐겼다. 골목길을 한 발로 깡충깡충 뛰었다. 돌멩이들을 걷어찼다. 팔을 벌리고 하늘로 날아오르는 비행기가 되었다. 별들과 초승달에게 말을 걸었다. 이야기들을 지어내어, 입 밖으로 소리를 내어가며 커다란 동작을 곁들여 나 자신에게 들려줬다. 어느 날 저녁 혼자서 이렇게 놀고 있는데, 어떤 여자애가 어둠 속에서 모습을 드러냈다. 보기 흉하게 옷을 입고, 멋없이 하나로 묶은 금발을 등허리에 늘어뜨린 여자애였다. 그애가 크레올 말로 나를 불렀다.

"이름이 뭐니?"

나는 속으로 그애가 나를 뭘로 본 건지 궁금했다. 별 볼 일 없는 집 애? 내 대답에 좀 놀라겠지 바라면서 과장되게 내 정체를 드러냈다. 그애는 전혀 동요하는 것 같지 않았다. 내 성을 처음 들어본다는 게 눈에 보일 정도였고, 여전한 권위로 제 할 말만 크레올 말로 이어갔으니까.

"난 안마리 드 쉬르빌이야. 같이 놀자! 그런데 조심해, 엄마가 너랑 같이 노는 걸 보면 안 돼. 그랬다간 얻어맞을 거라고."

그애의 눈길을 따라가보니, 등을 보인 채 꼼짝 않고 앉아 있는 여자들이 몇 명 보였는데, 하나같이 풀어헤친 머리가 어깨를 덮고 있었다. 안마리라는 애의 태도는 전혀 마음에 들지 않았다. 잠시, 발걸음을 돌려 부모에게로 돌아갈까 싶었다. 동시에 내게 자기 하녀 부리듯 명령하는 애일지언정, 내 또래의 놀이 상대가 생겨서 너무 기뻤다.

안마리가 즉각 놀이의 주도권을 쥐었고, 나는 그날 저녁 내내 그애의 변덕에 휘둘렸다. 내가 나쁜 학생이어서, 그애가 내 머리 끄덩이를 잡아당겼다. 게다가 그애는 내 원피스를 걷어올리고는 엉덩이를 때렸다. 내가 말이었다. 그애가 내 등에 올라탔고 두 발로 내 옆구리에 박차질을 했다. 내가 하녀였고, 그애는 내 따귀를 때렸다. 그애는 내게 흠씬 상욕을 해댔다. 난 금지어인 니미 씹할과 제기랄을 날리는 걸 듣고서 전율을 느꼈다. 마침내, 그애가 마지막에 날린 따귀가 어쩌나 아프던지 피난처를 찾아 어머니 품을 향해 뛰어갔다. 수치스러워서 이유를 설명하지는 않았다. 뛰다가 넘어졌다는 핑계를 댔고, 가해자가 아무런 처벌 도 받지 않고 야외 음악당 근처를 경중경중 뛰어다니게 내버려 뒀다.

그다음날, 안마리가 똑같은 장소에서 기다리고 있었다. 한 주 가 넘어가는 동안 그 아이는 자기 직위에 충실했고, 나는 아무런 항의도 하지 못하고 그애가 나를 갈구도록 내버려뒀다. 그러다 가 그애 때문에 애꾸눈이 될 뻔한 뒤로는, 그 거친 행동에 진력이 나서 결국 항의하고 말았다.

"앞으로는 때리지 마. 그런 건 싫어."

그애가 비웃더니 명치에 악랄한 한 대를 먹였다.

"검둥이 계집애니까 널 때려줘야 해."

난 기운차게 그애에게서 멀어졌다.

돌아가는 길에 그애의 대답을 곱씹어봤지만 소용없었고, 그런 대답에는 어떠한 합리적 이유도 없었다. 저녁때 잠자리에 들 시간이 되어, 이런저런 수호천사들과 천국의 온갖 성인에게 기도를 바치고 나서, 어머니에게 물었다.

"왜 검둥이들에게는 매질을 해야 해요?"

어머니는 몹시 놀란 듯했고 목소리가 커졌다.

"너처럼 똑똑한 애가 어떻게 그런 질문을 할 수 있지?"

어머니는 급하게 내 이마에 성호를 긋더니 일어나서 불을 끄고 나가버렸다. 다음날 아침 머리를 빗겨주는 어머니에게 다시 추궁했다. 그 대답이 종종 수수께끼 같은 나의 세계라는 이 구조물의 비밀을 알려줄 열쇠가 될 거라고 느꼈다. 진리를 가둬둔 단지에서 진리가 튀어나오리라. 나의 끈질김에 맞서, 어머니가 빗등으로 나를 찰싹 때렸다.

"그 바보 같은 소리 좀 그만해라. 누가 어머니나 아버지에게 매질을 하디?"

그런 일은 상상도 할 수 없는 일이었다. 하지만 어머니의 지나친 흥분에서 그녀의 당혹감이 드러났다. 어머니는 내게 뭔가를 숨기고 있었다. 정오에 나는 부엌으로 가서 아델리아의 치마폭 주변을 맴돌았다. 이런! 아델리아가 하필 소스를 휘젓는 중이었다. 아델리아는 나를 보자마자, 내가 입도 벙긋 안 했는데 소리를 지르기 시작했다.

"당장 나가지 않으면 어머니 부른다."

그 말을 따를 수밖에 없었다. 나는 망설이다가 계단을 올라가 아버지의 집무실 문을 두드렸다. 어머니의 따뜻하고 세심한 애정에 늘 감싸여 있다고 느낀 반면, 아버지는 내게 거의 관심이 없다는 걸 알고 있었다. 나는 사내애가 아니었으니까. 결국, 난 그의 열번째 아이였을 뿐이다. 아버지에게는 첫번째 결혼에서 얻은 아들이 둘 있었으니까. 울어대고 변덕을 부리고 부산한 내가 그는 성가셨다. 아버지에게 똑같은 질문을 다시 했다.

"왜 검둥이들에게 매질을 해야 하는 거죠?"

아버지가 나를 바라봤고 건성으로 대답했다.

"무슨 소리를 하는 거니? 우리에게 매질을 하던 때가 있었지. 엄마에게 가봐라, 응?"

그뒤로 나는 질문을 속으로 삼켰다. 상드리노에게도 아무것도 묻지 않았다. 그가 해줄 설명이 두려워서였다. 나의 과거 깊숙한 곳에 어떤 비밀이, 굳이 알려고 하면 불편하고 어쩌면 위험할 그런 고통스럽고 수치스러운 비밀이 숨어 있음을 눈치챘다. 어머니와 아버지처럼, 우리가 만나는 모든 사람이 그랬을 걸로 보이듯이, 내 기억 저 안쪽에 파묻어두는 게 나았다.

그뒤로도, 안마리와 노는 걸 거부할 거라고 단단히 마음먹고 부모를 따라 빅투아르광장으로 다시 갔다. 골목길을 오르내리고 왼쪽 오른쪽으로 돌아다니면서 그애를 찾아봤지만 아무 소용이 없었다. 그애는 보이지 않았다. 그애의 엄마와 이모들이 앉아 있던 벤치까지 달려갔다. 비어 있었다. 다시는 그들을 보지 못했다. 그애도. 그 집 여자들도.

오늘날 난, 그 만남이 초자연적인 게 아니었을지 궁금하다. 청산된 적 없는 그토록 해묵은 증오, 해묵은 공포가 우리가 살아가는 대지 깊숙이 파묻힌 채라서, 안마리와 나, 우리는 놀이랍시고 그 행위를 하는 동안 주인과 주인의 욕받이 노예를 축소판으로 구현했던 게 아니었을까 싶다.

그게 아니라면, 그렇게 말 안 듣는 내가 고분고분했던 걸 어떻게 설명할 수 있을까?

유모 쥘리

유모 쥘리를 잃기 전까지는 죽음을 만난 적이 없었다. 어머니는 외동이었다. 아버지도. 원양어선원이던 할아버지가 할머니 뱃속에 아이가 들어서자마자 아내를 버려서였다. 반쪽짜리 형제자매들, 이모, 고모, 삼촌, 사촌, 친인척 따위는 쳐주지도 않는 그런 엄청난 대가족 품에서 자란 사람들은, 언제라도 죽음이라는 무시무시하게 일그러진 얼굴을 만나게 된다. 그게 내 경우는 아니었다.

그래서 내게 죽음은 절대 불변의 매혹을 발산하기 시작했던 걸까? 난 알렉상드르이자크 근교에서 장례 행렬이 내려올 때마다 발코니로 뛰어가, 천천히 성당을 향해 움직이는 행렬을 내려다봤다. 가난한 사람들의 장례, 꽃다발도 화관도 없이 마지막 처

소까지 소수의 충실한 사람들만 함께하는 그런 장례는 달갑지 않았다. 이제 더는 그 어떤 것도 소유할 수 없는 자들이 생전에 누리던 호사를 과시하는 장례식만 좋았다. 선두엔, 팔을 쭉 펴고 십자가를 휘두르는 사제와 사제를 둘러싼 어린이 합창단원들. 아이들은 날개 달린 겉옷을 입고 있다. 그 뒤로는, 은빛 장식천을 두른 관. 검은 옷 무리 속에서 내 눈길은 오로지 앞의 몇 줄, 그러니까 가족들 줄에만 머물렀다. 베일의 주름에 가려져 보이지 않는 미망인들, 남자들, 그들의 옷소매에 단 묵직한 상장, 작은 자동인형처럼 기계적으로 걸어가는 아이들. 가만 생각해보면, 마치 가장 소중한 사람들의 장례식에 내가 참석하지 못하리라는 걸 예감이라도 했던 것 같다. 마치 상을 당하면 나의 애도가 어떠할지를 상상해보려고 애쓰는 것도 같았고. 그 당시엔 가끔씩 악사들도 행렬에 끼어 있었다. 어떤 사람은 색소폰을 불었고 또 어떤 사람들은 심벌즈를 쳤다. 그들의 합주는 오늘날 내가 제일 좋아하는 진혼곡의 전조였나보다. 유모 쥘리가 늑막염에 걸려 합병증으로 폐렴까지 생기자, 어머니는 전염을 걱정했다. 그래서 나는 유모를 보러 가지 못했고 임종의 병상에 누워 있는 모습만 다시 보았다.

유모 쥘리는 나를 두 팔로 안고 다녔고, 빅투아르광장으로 데리고 나가 산책을 시키면서, 비단이나 얇은 망사나 레이스로 된

배내옷의 값어치를 알아보는 눈을 가진 사람들로부터 찬탄을 받아냈다. 걸음마를 배울 때도 그녀가 도와줬고, 넘어질 때마다 다시 일으켜주고 달래줬다. 그녀가 내게 더는 필요가 없어졌지만 어머니가―벌이가 전혀 없던 그녀에게―계속 집안일을 맡겨서 그녀가 우리집 빨래를 담당했다. 수요일마다 눈부시게 깨끗하고 좋은 향기가 나는 세탁물로 가득한 넓은 바구니를 머리에 이고서 우리집에 들렀다. 셔츠 깃의 광택에 대해서는 몹시 까다로운 아버지도 책잡을 건 발견하지 못했다. 유모 쥘리는 나이도 많았고, 흑백 혼혈이어서 피부색이 연하고 눈동자도 연한 빛을 띠었으며, 두 뺨은 발밑에 떨어져 뒹군 지 사흘이나 된 호리병박처럼 주름져 있었다. 유모는 테르드오데생트 출신이었을 거다. 유모 주변에서 남편이나 아이를 본 적이 없었는데, 어쩌면 그런 이유로 우리 식구에게 의존했으리라. 난, 내 진짜 어머니와 마찬가지로 그녀를 사랑했고, 그에 대해 어머니가 질투를 했던 걸로 안다. 그럴 필요 없었는데. 두 사람 각각에 대한 나의 감정은 확연히 달랐다. 어머니는 내게 너무 많은 것을 바랐다. 여기저기 모든 것에서 최고임을 보여달라는 요청을 끊임없이 받았다. 결과적으로 어머니를 실망시킬지도 모른다는 두려움 속에서 살았다. 내게 가장 큰 공포는 어머니가 나에 대해 종종 내리곤 하던 그 가차없는 평가를 듣게 되는 거였다.

"살면서 뭐 하나 제대로 하는 법이 없겠구나!"

어머니는 늘 흠잡을 준비가 되어 있었다. 난 반 아이들 모두보다도 키가 컸는데, 어머니는 내가 나이에 비해 키가 너무 크다고 여겼고, 보기 불쌍할 정도로 뼈에 가죽뿐이었으니 너무 말랐다고 여겼고, 두 발은 너무 크다고, 엉덩이는 너무 납작하다고, 두 다리는 양 무릎이 붙었다고 여겼다. 반면에, 그 어떤 노력을 기울이지 않아도 유모 쥘리의 눈에는, 내가 지구상의 어린 여자애들 가운데 가장 예쁘고 가장 재능이 뛰어난 아이였다. 내가 하는 짓뿐만 아니라 내가 하는 말에도 완벽함의 징표가 찍혀 있었다. 내가 유모를 볼 때마다 하도 거세게 끌어안으니, 그녀의 머리에 두른 두건이 풀려 그 흰색 비단실 같은 머리카락이 드러나곤 했다. 나는 삼킬 듯이 그녀한테 키스를 퍼부어댔다. 그녀의 무릎 위에서 뒹굴었다. 유모는 자신의 마음과 몸 전부를 내게 열어줬다. 죽기 몇 년 전부터는 이질, 기관지염, 열병으로 늘 누워 있어야 해서 우리집 빨래를 더는 맡지 못했는데, 나는 상처를 아물게 해줄 연고처럼 그녀가 그리웠다.

어머니가 별다른 배려도 없이, 유모의 병이 다시 악화되어서 이제 그녀는 이 세상에 없다고 알려준 그날 저녁을 나는 결코 잊지 못할 거다. 처음에는 내가 슬픔을 느끼고 있다는 자각조차 없었다. 달이 지구와 태양 사이로 지나가는 통에 내 주위로 어둠이 짙게 내려앉는 듯한 이상한 기분이었다. 나는 장님처럼 더듬거렸다. 어머니가 아버지의 의견을 묻는 소리가 들렸다. 저 나이 애가 밤샘 모임에 참석해도 될까? 죽은 사람을 봐도 될까? 두 사람의 토론은 끝이 날 것 같지 않았다. 두 사람 모두 나를 단련시켜야 한다고 생각했다. 난 너무 응석이 심했다. 별것 아닌 걸로도 늘 징징댄다. 두 사람이 그러는 동안 나의 고통이 돋아났고, 점점 높이 솟구쳤다. 나는 그 고통이 간헐천보다도 더 세차게 솟구치리라고 예상했다. 마침내 어머니가 나를 데리고 가기로 결정했다. 우리가 다 같이 나가려는 참에, 상드리노가 내 귀에 대고 늘 해 버릇하듯 농담을 했다.

"조심해! 의젓하게 굴지 않으면 유모가 네 발을 잡아당기려고 올 거다."

유모 쥘리는 카레나주 지구에 살고 있었는데, 먼 곳이 아니었는데도 내가 가본 적이 없는 동네였다. 어부들이 사는 오래된 마을로, 여전히 가동중인 다르부시에 공장 주위로 밀집해 있었다. 늦은 시각이었는데도 나지막한 집들이 늘어선 길은 사람들로 우글댔다. 아이들이 사방팔방 뛰어다녔다. 장사치들이 갖가지 두슬레와 쉬카코코,* 고구마파이를 팔았다. 남자들이 대문 앞에 앉

---

* 각각 코코넛 우유를 첨가한 일종의 캐러멜과 코코넛 당과를 가리킨다.

아서 러닝셔츠 바람으로 주사위나 도미노패를 짤랑거리면서 크레올어로 외쳐댔다.

"명중!"

또 어떤 사람들은 주점에 다닥다닥 붙어 앉아서 술을 마시고 있었다. 내 눈에, 그런 활기가 끔찍하지는 않았지만 충격적이긴 했다. 유모 쥘리가 사라진 게 사람들에게 중요하지 않은 것 같았으니까. 문에 검은색 휘장을 늘어뜨린 상갓집이 가까워지니 웅성거리는 목소리가 들렸다. 유모 쥘리의 집은 작았다. 하나뿐인 공간을 커튼으로 나눠놓았다. 침실 격인 반쪽짜리 공간은 수많은 촛불을 켜두어 한낮처럼 환했다. 또한 무척 덥기도 했다. 이웃들이 가리고 있어서 꽃이 흩뿌려진 침상이 보이지 않았는데, 나의 어머니를 보자 사람들이 물러났다. 그러자 유모 쥘리가 내 눈앞에 모습을 드러냈는데, 쥘리는 자신이 갖고 있던 알록달록 가장 화려한 전통 의상을 입고 검은색 두건을 쓰고 양 관자놀이께에 불룩한 양배추 모양으로 머리를 말아붙인 모습이었다. 나는 그녀를 알아보지 못했다. 키가 더 컸다. 각이 졌다. 어떤 다른 이가 유모라고 누워 있었다. 내가 알던 그 미소가 보이지 않았다. 그녀가 갑자기 적대적이고 위협적으로 보였다. 어머니가 지시했다.

"작별의 키스를 해야지!"

키스를 하라고?

난 뒷걸음질을 치려고 했다. 바로 그때 상드리노의 경고가 떠올랐다. 애써 어머니의 말에 복종했다. 수도 없이 키스했던 그 뺨에 입술을 갖다대고서, 그 뺨이 내가 알고 있던 그런 말랑말랑하고 따뜻한 뺨이 아니라 딱딱하고 차갑다는 걸 발견하고 놀랐다. 차가운 뺨. 그 무엇과도 비교할 수 없는 그런 차가움. 얼음의 차가움과도 비교가 안 됐다. 차라리 돌의 차가움이랄까. 묘석의 차가움. 혼란스러운 감정이 가득 차올랐다. 슬픔, 두려움, 갑자기 낯설어져서 사랑했던 사람을 무서워한 것에 대한 수치심. 난 꺽꺽거리다가 울기 시작했다. 어머니는 탐탁하게 여기지 않았다. 내가 왕실의 아이처럼 공개적인 자리에서 그 어떤 감정도 내비치지 않았으면 했겠지. 짜증이 난 어머니가 나를 흔들었다.

"똑바로 서 있지 못하겠니!"

난 훌쩍였다. 우리는 한두 시간 정도 시신 곁에 머물렀다. 손에 묵주를 들고 어머니가 기도를 드렸다. 난, 꽃향기 아래서 부패한 시신 냄새를 맡았다. 마침내 우리는 집으로 돌아갔다.

바로 그날 저녁부터 악몽이 시작되었다. 어머니가 내 침실 문을 닫았다 싶으면 유모 쾰리가 방으로 들어온다. 살아 있는 동안 내가 그리도 소중히 여겼던 그녀가 아니라 다른 그녀, 낯선 그녀였다. 때때로 그녀는 침대로 들어와 내 옆에 누웠다. 테레즈가 나와 함께 자게 되었고, 언니는 이 모든 쇼에 짜증이 잔뜩 났다.

"늘 다 큰 애 행세를 해대더니, 알고 보면 그저 겁쟁이일 뿐이야."

어느 날 저녁, 어머니가 하려고만 들면 얼마든지 잘할 수 있다는 걸 보여주듯, 나를 무릎에 앉히고 다정하게 쓰다듬어주지 않았더라면, 그러는 동안 내가 몸속의 눈물을 죄다 흘리지 않았더라면, 그 모든 일이 어찌 끝났을지 궁금하다.

"쥘리가 널 얼마나 사랑했는데. 그런 사람이 너한테 해코지할 수 있다는 생각을 어떻게 하니? 이젠 네 수호천사나 마찬가지인 거야!"

아마도 어머니는 내가 고작 아홉 살일 뿐이라는 사실이 막 생각난 모양이었다.

새파란 눈

우리집이 서 있는 알렉상드르이자크가街는, 라푸앵트의 삶에 리듬을 안겨주는 심장이라고 할 수 있는 빅투아르광장보다 조금 더 위쪽에서 시작되어, 인구 밀집지역이지만 제대로 유지 관리 되고 있는 외곽지역으로 빠졌다. 바타블수로나 거기 서식하는 거피, 그 주변에 늘어선 빈민굴과는 아무런 관련이 없는 그런 동네. 유명인사들이 살고, 또 종종 수입은 많지 않지만 항상 완벽한 품행을 보여주는 사람들이 사는, 품위 있는 거리였다. 나의 부모는 아이들 수로 보나 특히 그들의 새로운 지위로 보나, 콩데가에 계속 사는 게 적합하지 않다고 여겨 내가 태어나기 몇 달 전 그곳으로 이사를 왔다. 아버지는, 나로서는 왜인지는 모르겠지만, 레지옹도뇌르훈장을 막 받은 참이었고, 어머니는 자랑스러워하며 장식용 단춧구멍마다 약장略章을 매달아줬다. 어머니는 어떤 호기심 많은 여자의 질문을 들려주면서 배를 쥐고 웃었다.

"부콜롱 씨, 상의에 있는 그 빨간 끈이 뭔가요?"

알렉상드르이자크가의 집들은 동일한 모델에 따라 지은 목재 주택들이었다. 하지만 미묘한 뉘앙스 차이로 서로 구별이 되었다. 지붕 함석이 다소 강렬한 붉은색이라든가, 최근에 보수하여 페인트칠이 산뜻하다든가, 혹은 발코니에 늘어서 있는 꽃들이 눈부시다든가 하는 차이로. 아이가 열두 명인 드리스콜네는 아주 널찍한 모퉁이 집이었는데, 관리가 잘되어 있지 않아 지붕은 땜질했고, 발코니에는 히비스커스도 부겐빌레아도 없었다. 나의 부모는 그들과 마주치면 예의바르게 인사를 주고받았다. 하지만 교류는 없었다. 마음속으로 나의 부모는 그들보다 자신들이 더 높다고 생각했다. 드리스콜 부부는 야심이라고는 없는, 별 볼 일 없는 공무원이었고, 자가용도 없었다. 또한 특이하다는, 다른 사람들처럼 행동하지 않는다는 말을 들었다. 게다가 그들은 흑백 혼혈이었다. 당시 과들루프에서는 피부색이 다르면 서로 섞이지 않았다. 검둥이는 검둥이와 함께 걸었다. 혼혈은 혼혈끼리. 토착 백인은 자기들의 영역에 머물렀고, 선한 하느님은 자신의 하늘에서 흡족해했다. 다행히도 아이들은 그런 어른들의 일은 거의 개의치 않았다. 우리는 우리 또래인 드리스콜네 아이들이 혼혈

일지라도 그들과 사이좋게 지냈고, 질베르가 내 첫사랑이었을 수도 있다.

그애는, 싸움꾼 기질이 농후한 형제들과 확연히 다른 온순한 태도에, 아랍 소년처럼 머리카락이 구불거렸고, 체구가 그다지 다부지지 않은 소년이었다.

나는 그애의 목소리 음색이 어떤지 한 번도 들어보지 못했는데, 구릉에서 들려오는 피리 소리처럼 가볍게 떠돌 거라고 상상했다. 부활절 피정 때, 또다른 아이들 육십여 명도 함께 참여하는 교리문답 시간에, 우린 서로 만나게 됐다. 그뒤로 우리는 각자의 발코니에서 몇 시간이고 숭배의 눈길로 서로를 뚫어져라 바라보면서, 자신의 감정을 서로에게 알렸다. 목요일 아침이면 온 가족이 발코니에서 북적거리는 바람에 사람들의 주의가 우리에게 쏠리지 않았다. 드리스콜네 할머니는 접이식 의자에 늙은 삭신을 길게 눕히거나 막내를 흔들어 재웠다. 나의 언니들은 냅킨이나 식탁보를 바늘로 찔러댔다. 드리스콜네 남자애들은 복습을 했다. 하지만 오후가 되면 화분들 사이에서 뭉그적대는 게 어려워졌다. 모두 낮잠을 자려고 실내로 들어가 블라인드를 내렸으니까. 거리 모퉁이에 서는 작은 장에서는 자리를 거뒀다. 식료품상들은 문을 닫았고 헤르니아로 부푼 성기 때문에 밴조라는 별명으로 불리는 미친 사람만 거리를 돌아다녔다. 어머니는 면직 잠옷을 입고 침대에 쳐놓은 모기장 아래에 아까부터 누워 쉬면서 조바심을 냈다.

"어서 들어오라니까! 햇볕에 말리는 빨래도 아니고 해가 쨍쨍한데 뭘 하고 있니?"

나는 움직이지 않았다. 질베르, 걔는 선글라스를 쓰고 판다누스 잎사귀로 만든 낡은 모자로 머리를 덮거나 파라솔 아래로 몸을 피했다. 난 의심을 불러일으킬까봐 겁이 나서 그렇게는 못하고, 그저 계속 의연하게 굵은 땀방울을 뚝뚝 흘리면서 머리 위에 꽂히는 강렬한 햇살을 받아냈다. 몇 달 동안 이렇게 일사병을 무릅쓰고 난 뒤, 질베르가 대담해졌다. 그 누구에게도 마음을 열지 않았던 나보다 경계심이 덜했던 그애는, 이블리즈의 오빠 중 한 명이자 자신과 가장 친한 반 친구인 쥘리위스에게 속마음을 털어놨다. 그즈음 나는 손아귀에서 딱딱해지는 쥘리우스의 꼬추를 경탄하는 마음으로 바라보면서 제법 여러 번 주물러댔더랬다. 하지만 우리 둘 다 서로에 대한 마음의 끌림을 바란 적은 결코 없었다. 그저 재미삼아 그랬고 육체에 눈뜨게 된 거였다. 어느 날, 오후가 저물어갈 무렵, 쥘리위스가 온갖 감시를 다 뚫고서 내게 와 봉투를 하나 슬머시 쥐여줬다. 그 안에는 날 놀라게 한 사진 한 장이 들어 있었다. 처음엔 그게 개를 찍은 사진이라고 생각했다. 혀를 길게 뽑고 아가리를 크게 벌린 거대한 독일산 양

치기 개 한 마리가 엉덩이를 대고 앉아 있었다. 그리고 왼편 구석에 웃통을 벗고 있는 질베르가 보였는데, 어쩌나 작은지 마치 코끼리 옆에 붙어 있는 코끼리 사육사 같았다. 그 사진은 이삼년 전에 찍은 것 같았고 그애는 기껏해야 여섯 살 이상으로는 보이지 않았다. 머리카락이 눈을 찌르는데, 빠진 이를 내보이며 환히 웃고 있었다. 사진 뒷장에는 마법의 주문이 적혀 있었다. "널 좋아해." 그 보물은 미사에 필요한 내 소지품들을 담아두는 작은 전통 바구니 깊숙이 숨겨뒀는데, 그 장소가 유일하게 어머니가 꼬박꼬박 검사하지 않는 장소였다. 그러고는 그 대가로 나는 뭘 줘야 할지 찾느라 골머리를 앓았다. 우리집은 다 함께 찍는 사진들만 좋아했다. 아빠와 엄마 사이에 서 있는 아이들 여덟 명. 또는 아버지와 함께 있는 오빠들. 혹은 어머니를 둘러싼 나와 언니들. 나 혼자 찍은 스냅사진이라고는 단 한 장도 없었다. 개 한 마리하고 같이 찍은 사진조차도. 그러니, 수를 놓을 줄 알았더라면 손수건을 선물했을까? 칠을 할 줄 알았더라면 조개껍질을 선물했을까? 엮을 줄 알았더라면 허리띠를 줬을까? 나는 내 열 손가락으로 할 줄 아는 게 하나도 없었다. 공작 시간이면 빵점만 받았다. 어머니가 거북이 등껍질로 만든 나비핀으로 내 머리를 꾸며줬는데, 결국엔 나도 그걸 만들어봐야겠다고 마음먹었다.

그뒤, 질베르는 자신의 사랑이 공식적으로 표명됐고 인정받았기 때문에, 동일한 사신을 통해 편지를 보내왔다. 첫눈엔 흠잡을 데가 전혀 없었다. 그 편지는 아주 예쁜 파란색 편지지에 적혀 있었다. 잉크 얼룩도 없었다. 세로획도 단정했다. 그 글자들이 글씨 연습 공책에 적혀 있었더라면 최고로 엄격한 교사마저도 높이 샀을 텐데. "완벽한 글씨"라고. 난 읽기 시작했다. 심장이 쿵쿵댔다. 그런데, 첫 줄부터 탁 막혀버렸다. "사랑하는 마리즈, 내게는 그 파란색 두 눈과 더불어 네가 가장 아름다워."

난 내가 뭘 잘못 읽었나 했다. 파란 눈이라고? 내가? 난 욕실로 달려갔고 거울에 내 모습을 비춰봤다. 의심의 여지라고는 없었다. 내 두 눈은 짙은 밤색이었다. 거의 검은빛이 도는. 밤색조차도 아니었다. 난 다시 내 방으로 돌아와서 침대에 앉았다. 당혹스러웠다. 마치 다른 여자애에게 갈 편지를 읽은 것 같았다. 저녁식사 시간 내내 내가 평소와 달리 너무 침울하고 조용하니, 모두가 걱정했다.

"하느님, 얘 혹시 갑자기 열나는 거 아니야?"

내 방으로 올라가서 다시 편지를 꺼내어 읽었다. 아까 읽었던 표현 그대로였다. "사랑하는 마리즈, 내게는 그 파란색 두 눈과 더불어 네가 가장 아름다워."

이번만은 예외적으로 상드리노에게 속마음을 털어놓고 싶지 않았는데, 폭소를 터뜨리고는 그만의 기교로 범벅이 된 그런 설명을 늘어놓으리라는 게 뻔해서였다. 무슨 일이 벌어졌지? 질베르가 내 모습을 제대로 못 봤나? 날 놀리고 싶었던 걸까? 고약한 장난이었나? 분노가 솟구쳤고, 마침내 폭발했다. 대답을 가져가려고 쥘리위스가 모습을 나타냈을 때, 언니 중 한 명이 애독하는 델리*의 연애소설에 나오는 과장된 말을 들려줬다. "질베르, 우리 사이는 이제 완전히 끝났어."

질베르에게 치명적이었던 실수를 나 역시 저질렀다는 건 전혀 깨닫지 못했다. 베끼기. 나는 싸구려 글을 읽고 베꼈다. 질베르도 연애편지라는 미지의 영역을 탐험하기 위해서 아마도 길잡이를 찾았던 모양이다. 어쩌나! 우리의 길잡이들은 싸구려 프랑스 소설들이었다. 그뒤로, 그애를 보게 될까 두려워서 나는 발코니에 나가지 않고 집안에만 처박혀 있었다. 그애가 즉각 포기한 건 아니었다. 어느 오후, 이블리즈의 집 앞 보도에서 마주쳤다. 그애는 용기를 내기 위해 자신의 단짝 친구를 옆에 달고 있었다. 내가 그애에게 그렇게 가까이 다가갔던 적은 없었다. 그애는 머리를 말끔히 빗고 장마리파리나 화장수를 뿌린 상태였다. 나는

---

* Delly. 20세기 내내 유명세를 누렸던 대중연애소설 작가인 잔마리와 프레데릭 프티장 드라로지에르 남매가 공동으로 사용한 필명.

그애의 커다란 두 눈이 애수에 젖은 회색임을 알았다. 걔가 죽어가는 목소리로 중얼거렸다.

"내가 너한테 무슨 짓을 했는데?"

그런데 그 목소리는 내가 기대했던 그런 목소리가 아니었다. 가늘고 섬세한 몸에 어울렸을 그런 목소리가. 굵은 목소리였다. 거의 성인 남자 목소리였다. 이 기억은 그뒤로 나를 끈질기게 따라다니게 될 터였다. 난 대꾸할 말이 하나도 없었다. 급하게 이블리즈 집으로 뛰어들어갔고, 이 슬픈 이야기를 해주면서 그애의 어깨에 기대어 눈물을 쏟았다.

실낙원

    아홉 살이던가 열 살이던가, 어머니가 나를 가톨릭에서 운영하는 걸스카우트에 등록시켰다. 어머니는 내가 충분히 몸을 움직이지 않는다고 생각했는데, 어머니가 옳았다. 난 무기력했고, 체육은 꼴찌였다. 사실대로 말하자면, 하루에 네 번 집에서 미술레고등학교까지 몸뚱어리를 질질 끌고 왔다갔다했을 뿐이고, 빅투아르광장 벤치에 이블리즈와 함께 평온하게 앉아서 원뿔 모양 종이용기에 담아 파는 구운 피스타치오를 하나씩 하나씩 해치우곤 했다. 그게 아니면, 대부분의 시간을 블라인드를 내린 침실에서 몸을 시트로 돌돌 말고, 가끔은 책을 읽고 그보다 더 자주는 몽상에 빠져 보냈다. 또 말도 안 되는 이야기들을 지어내는 데 시간을 보냈고, 그렇게 지어낸 이야기들로 인내심을 갖고 내 이야기를 들어주는 사람들의 머릿속을 채워줬더랬다. 난 진짜배기 연재소설을 지어냈기에 인물들이 어김없이 재등장했는데, 그들은 늘 희한한 사건에 휘말렸다. 예를 들자면, 남녀 한 쌍을, 그러니까 기아브 씨와 기아블레스 씨*라는 두 인물을 만났다고 주장했다. 온통 검은색 옷으로 휘감은 이 둘은 손에 '캐슈너트 두 알을 받고 보여주는 요술 등'을 들고 있어서 얼굴이 촛불 불빛에 환히 드러났는데, 내게 자신들의 일곱 번의 환생 이야기를 해줬다. 처음에는 사바나에서 말뚝에 묶여 살던 소들이었다가, 그다음에는 초목 사이를 날아다니던 산비둘기였고, 또 그다음에는…… 기타 등등! 나의 허언증 때문에 어머니는 걱정이 많았다. 나는 어머니가 시키는 대로, 기도서 위에 두 손을 모으고 나의 수호천사에게 용서를 구하고 다시는 진실에서 벗어나지 않겠다고 맹세했다. 나는 마음속 깊이 뉘우치면서 어머니의 말을 따랐다. 내가 약속을 지키지 못했다면, 그런 허황한 이야기를 한창 지어내고 있는 중에만 행복을 느꼈기 때문이었다. 어렸을 때 내 삶은 너무 무거웠다. 그건 너무 잘 짜여 있었다. 장식적 요소도 상상이 끼어들 여지도 없었다. 이미 말했지만, 우리에겐 친척도

---

* Guiab/Guiablesse. 프랑스어로 각각 악마의 남성형과 여성형을 뜻하는 'diable'과 'diablesse'가 변형되어 크레올어로 정착한 단어. 인간을 홀리는 초자연적 존재들로, 카니발에 단골로 등장하는 가면 중 하나이기도 하다.

인척도 없었다. 방문객이 한 명도 없었다. 어머니 친구들의 방문이 삶의 단조로움을 끊어내진 못했다. 분을 바르고 모자를 쓰고 보석으로 치장한, 늘 같은 사람들이었다. 보리코 부인, 르베르 부인, 아스드뤼발 부인. 어머니가 좋게 보는 사람은 정말 드물었다. 이 여자는 너무 크게 웃었다. 저 여자는 애들 앞에서 야한 농담을 했다. 또 저 여자는 고약한 말장난을 했다. 가족 간 잔치도, 연회도, 끝없이 음식이 이어지는 식사 자리도, 밤새껏 노는 일도 없었다. 춤 파티도, 댄스도, 음악도 없었다. 게다가 그래봤자 무슨 소용일까라는 감정을 마음속 깊은 곳에서는 이미 느끼고 있어서, 나를 떠나는 일이 거의 없는 그런 감정을 열정적인 활동으로 가리려고 애썼다.

내 마음 가는 대로 세계를 창조할 때만 행복했다.

어머니는 목적을 달성하지 못했다. 나는 걸스카우트를 미워하기 시작했다. 우선 그 유니폼. 충격적인 시퍼런 색에 넥타이와 바스크 베레모라니. 그리고 매주 있는 야외활동. 목요일마다 점심을 먹고 나면, 아델리아가 작은 바구니에 아니스를 띄운 레모네이드로 채운 수통 하나와 꽈배기 빵 하나, 초콜릿 한 판, 마블 케이크 몇 쪽을 담아줬다. 나는 단장 네 명이 통솔하는 여자애들 스무 명가량과 함께 로피탈 구릉으로 가는 길로 접어들었다. 우리는 둘씩 열을 지어 족히 반시간을 뜨거운 햇볕 아래에서 땀을

뻘뻘 흘려가며 그곳으로 향했다. 그곳에 도착해도, 인도타마린 드나무 발치에 드리워진 그늘에서 잠깐 땀을 식히며 누워 있을 수조차 없었다. 곧바로 달리고, 뛰어오르고, 길 찾기 표지들을 찾아내고, 목청이 터져라 노래를 불러야만 했다. 나는 다른 걸스 카우트 단원들을 좋아하지 않았고 그애들 역시 내게 똑같이 되갚았지만, 단장들은 좋아했다. 특히 그중 한 명인 니지다 레로 단장. 가슴에 애정이라는 보물을 숨기고 있던 그녀는 아주 훌륭한 가문의 젊은 처자로, 애석하게도 혼기가 꽉 찼더랬다. 지금은 어떻게 됐는지 모르겠지만, 당시 그녀가 원했던 아이들을 잔뜩 낳고서 세상의 모든 행복을 누리며 살기를 바란다. 난 그녀의 귀염둥이였다. 그녀는 나를 무릎에 앉히고 예뻐했다. 내 기억에 남은 이미지로는, 흑백 혼혈로, 피부는 진갈색에 얼핏 콧수염이 난 듯 보일 정도로 솜털이 짙었고, 코는 매부리코였다. 나는 언제라도 어깨로 쏟아져내릴 것처럼 풍성한 그녀의 올림머리를 손질해주는 게 재미있었다. 니지다 단장은 무척이나 열성적으로 아이들에게 체조나 높이뛰기, 멀리뛰기 등을 시켰는데, 그녀 역시 나만큼이나 우리 몸을 땀에 흠뻑 젖게 만드는 그런 온갖 운동에 거의 취미가 없었다는 생각을 그 누구도 내 머릿속에서 지울 수는 없으리라. 그녀는 그저, 남편감이 나타나기를 기다리는 동안 삶을 채울 좋은 방법을 발견했다고 생각했다.

가끔 방학에는 캠프를 하러 가곤 했다. 오, 물론 먼 곳은 아니다! 프티부르 근처를 벗어나는 일은 절대 없었다. 베르제트, 쥐스통, 카레르, 몽트벨로 같은 곳. 캠프에서는 멍하니 생각에 잠기기란 불가능했는데, 일단 자리에서 일어나 옷을 입고 나면 다시 텐트로 돌아가는 것은 금지였다. 끊임없이 몸을 움직이기. 우리는 늘 잡일에 시달렸다. 손에 빗자루를 들고 청소하기. 잔뜩 쌓여 있는 반합과 식기 설거지하기. 산처럼 쌓여 있는 뿌리채소의 껍질을 벗기고 요리하기. 나뭇가지 주워오기. 사바나를 돌아다니다보면 미모사 가시 때문에 우리 장딴지에는 줄이 죽죽 갔다. 저녁이 되면 연기에 시달렸는데, 모닥불 주위에 둘러앉아서 밍밍한 이야기들을 발표하는 동안, 모닥불에서 피어오르는 연기가 우리의 눈과 목구멍을 따끔거리게 했다. 모닥불이 꺼지고 나면 모기에게 먹힐 판이었다. 난 매일 저녁 울면서 잠이 들었다. 당시 과들루프에는 전화가 없었다. 어머니에게 전화를 걸어 내가 얼마나 비참한지 털어놓고 나를 데리러 오라고 애원할 수도 없었다. 끝날 것 같지 않던(그곳에서의 체류는 얼마 동안이었을까?) 캠프생활을 마치고 바짝 마르고 얼이 빠져서 식구들과 재회했고, 그러고 나면 오랫동안 어머니의 품을 떠나기를 거부했다.

"날 좀 내버려두렴. 숨이 막히는구나." 어머니는 내가 키스를 퍼부으면 귀찮아했다.

내 기억으로는, 레자르드 언덕의 바르보토에서의 체류가 최악이었다. 잉크빛 하늘이 물을 쏟아붓지 않는 날이 단 하루도 없었던 것 같다. 물에 잠긴 풀밭 위에 텐트를 칠 수 없어서, 우리는 축축하고 허름하며 아무런 시설도 갖추지 못한 건물로 들어갔다. 그곳은 학교였을까? 우리는 실내에 갇힌 채, 종이에 번차례로 점을 찍어 누가 먼저 더 많은 십자가 모양을 만드는지 내기를 했다. 우리는 테페이차를 마시면서 노랫말이 터무니없는 동요를 불렀다.

그 닭은 이제 울지 못해, 꼬꼬댁 꼬꼬닭.

이 지옥 같은 시간이 끝나고 마침내 돌아갈 시간이 되었고, 불길한 징조로 뒤덮였지만 눈이 먼 나는 그 징조들을 읽어낼 줄 몰랐다. 우리가 대여한 버스가 레자르드에서 빠져나오는 길에 진흙탕에 빠져버렸다. 억수같이 쏟아지는 비를 맞으며, 모두 다 내려서 버스를 밀어야만 했다. 아르누빌 근처에서는, 번쩍거리는 아스팔트길을 날개를 퍼덕이며 가로지르던 투계 한 마리를 갈아버려서 핏덩이를 만들었다. 가바르 다리만 예외적으로 통행이 허용되어서, 우리는 도로 갓길에 계속 정차해 있었다. 한마디로, 우리가 라푸앙트에 도착했을 때는 거의 어두컴컴할 때였다. 집합 장소는 늘 같은 곳, 즉 니지다 단장의 집 앞이었다. 단장의 집은 우리 동네보다 훨씬 더 주택가다운 곳으로, 어느 정도 뉴욕의 5번가에 견줄 만한 빅투아르광장 맞은편 동네에 자리잡고 있었다. 가정 형편에 따라서 하녀 혹은 어머니가 자신의 아이를 인계받는 것도 거기에서였다. 여자아이 몇몇이 가슴을 내밀고 의기양양해서 집으로 돌아갔고, 그애들이 얼마나 소설 같은 이야기를 꾸며낼지 충분히 상상이 갔다. 나는 늘 고개를 푹 숙이고 집으로 돌아갔는데, 그토록 수다스러운 나였지만 할말이 하나도 없었다.

그날 저녁, 한 시간이 넘게 보도 위에서 기다렸다. 아무도 나를 찾으러 오지 않았다. 그래서 니지다 단장이 내 손을 잡고 니지다의 오빠들이 호위하는 가운데 함께 알렉상드르이자크가로 갔다.

어둠에 잠겨 육중해 보이는 생피에르에생폴성당 앞을 지나갈 때, 음울한 전조처럼 한 떼의 박쥐들이 성인 조각상을 모신 벽감으로부터 날아오르더니 우리 주위를 맴돌았다. 장사치들이 밝힌 등불이 점점이 뿌려진 빅투아르광장은 어둠 속에서 자신의 소행을 감추는 자들의 차지가 되어 있었다. 심장이 상을 당한 사람처럼 뛰는 가운데 앞으로 나아갔다. 나의 본능이 이 고통은 이제 시작일 뿐이라고 내 귀에 속삭였다. 우리는 콩데가 모퉁이에 도착했다.

우리집은 어둠에 잠겨 있었다. 저 위층부터 아래층까지 철저하게 닫아놓았다. 육중한 대문도 닫아버리고 열쇠를 두 번 돌려 잠가놓았다. 이웃인 참견쟁이 랭쇠유 부인이 발코니에서, 나의 부모가 사르셀에 있는 별장으로 갔다고 알려줬다. 언제 돌아올 예정인가? 그녀로서는 전혀 알지 못했다. 그 말을 듣고 내가 어찌나 끔찍스럽게 울부짖었는지 다른 이웃들도 발코니로 나와 바라봤고, 나를 알아보고서는 다 큰 애가 뭘 그렇게 난리를 피우냐고 한마디씩 했다. 쟤가 받은 교육으로 보자면 그래야 맞지! 부모가 그런 식으로 키우면서 밝은 장래를 준비시켰잖은가. 니지다 단장은 그런 고약한 말에 귀를 기울이는 대신 마구 키스를 해주면서 나를 진정시키는 데 성공했다. 우리는 다시 그녀의 집으로 돌아갔다. 나는 좀비처럼 걸어가면서 이날 밤도 어머니 없이 잠을 자야 하리라는 걸 깨달았다.

식탁에 둘러앉아 이제 저녁식사를 들려고 하는 레로 가족 주위로, 하녀 두 명이 분주히 움직였다. 대단한 부르주아 가정이었지만 웃음이 많았다. 아버지는 나이 지긋한 흑백 혼혈이었는데, 상당히 말랐고 농담을 즐겼다. 어머니는 딸과 비슷하게 생겼지만 살집이 더 있었다. 아들들은 소란스러웠다. 할머니는 눈처럼 새하얀 머리카락에 만틸라를 두르고 있었다. 살짝 태도가 내 언니 같은 세세 이모. 그리고 시골뜨기 남자 사촌 둘. 여자 사촌 하나. 사람들이 니지다 옆에 내 자리를 만들어줬고, 모두가 앞다투어 내게 관심을 보였다. 나의 부모가 다음날 아침에도 돌아오지 않으면, 운전사를 시켜서 사르셀로 데려다주겠노라고 레로 씨가 약속했다. 니지다 단장이, 저녁에 자기 방에서 자라며 내게 미소를 지었다. 어머나, 정말 예쁜 귀걸이를 하고 있구나, 레로 부인이 달콤한 말을 건넸다. 내 귀에는 아무것도 들리지 않았다. 내게 그다지도 친절을 베푸는 걸 생각해서, 적어도 징징거림과 쏟아지는 눈물은 참으려고 애썼다. 하지만 목구멍이 콱 막혀서 아무것도 삼킬 수가 없었다. 정말로 아무것도. 내 접시는 가득찬 그대로였다. 나는 어떤 요리에도 손을 대지 않았다. 생선구이 요리에도. 크리스토핀 그라탱 요리에도. 쇠비름 샐러드에도. 디저트로 하녀가 내 앞에 초콜릿 크림이 담긴 람캥* 컵을 갖다놨다.

나는 초콜릿 크림을 좋아했다.

마음이 고통스러웠지만, 그 순간 내 두 눈에서 물기가 사라졌다. 이런 순간에 식탁에 무릎을 꿇는다는 게 한없이 창피해서 망설였다. 마침내 마음을 먹었다. 마지못한 듯이 숟가락을 들려는 순간, 다른 하녀가 초콜릿 크림을 냉큼 들어서 부엌 저 안쪽으로

* ramequin. 빵가루, 치즈, 달걀 등을 섞어 구운 케이크.

가져가버렸다. 나는 입이 헤벌어진 채 멍하니 있었다.

왜 오십 년도 더 지난 지금, 내가 맛보지 못한 부드럽고 진한 크림이 가득 들어 있던 그 람캥 컵, 가장자리가 금색인 파란색 람캥 컵의 모습이, 마치 내가 욕망했으나 얻지 못한 그 모든 것의 상징인 양 내 눈앞을 스쳐가고 또 스쳐가는 걸까?

어머니의 날을 맞아 축하드려요, 엄마!

　어머니의 생신은 4월 28일이었는데, 결코 그 무엇도 내 기억 속에서 그 날짜를 지울 수는 없었다. 그건 매년 마치 성사처럼 정해진 의례에 따라서 거행되는 사건이었다. 어머니가 이십 년 전부터 학생들을 가르치고 있는 뒤부샤주학교에서는, 어머니의 추종자들이 있는 만큼, 그녀가 예뻐하는 학생들이 어머니 앞에서 축사를 낭송하고는 반 학생들 전부의 이름으로 어머니가 가장 좋아하는 꽃인 장미꽃 다발을 증정했다. 집에서는 점심때, 아버지가 어머니에게 선물을 건넸는데, 보통 그녀의 보석함 무게를 더 나가게 만들 목걸이나 팔찌였다. 오후 네시가 되면, 마당에서 소르베 기계가 삐걱대는 소리가 들렸다. 형편없는 봉급을 주는데도 변덕스러운 성질머리를 충실하게 버텨내고 있는 아델리아가 향수를 뿌리고 잔뜩 멋을 부린 어머니와 어머니 친구들에게 다과를 대접했다. 여기저기 장미로 넘쳐났다. 그러고 나면, 이 관람객들 앞에서 분장을 하고 의상을 갖춰 입은 언니 오빠가 철저하게 비밀리에 연습했던 짤막한 연극을 공연했다. 끝으로, 아버지가 전날부터 차갑게 보관했던 샴페인 병들을 땄다. 난 여러 해 동안, 모두가 귀찮아할 정도로 법석만 떨어대는 방해꾼 역할로 만족했다. 케이크 틀을 핥으려고 들었고, 소르베 기계의 손잡이를 돌리겠다고 나댔다. 어머니 친구들에게 키스하는 건 거부했다. 하지만 어머니에게는 어떻게 해서든 기를 쓰고 끈적거리는 입술로 키스를 퍼부었다. 원피스에 보리시럽을 쏟았다. 잔바닥에 붙어 있는 음료들을 홀라당 마셨다. 한마디로, 나를 조금은 엄하게 다룬 유일한 가족인 테레즈 언니가 말했듯이, "난 관심을 끌려고 했다." 커감에 따라, 이런 단역에 더는 만족할 수 없었다. 열 살이 됐을 때, 나는 어머니의 관심을 끌고, 특출한 일을 이뤄내서 칭찬받고 싶었다.

여기서 잠깐 어머니에 대한 묘사를 시도해봐야 할 것 같다. 어머니가 자기 이야기를 한 적이 없기 때문에 요즘 들어서야 해볼 수 있던 일이다. 어머니에게 형제자매는 없었고 대신 마리갈랑트섬에 살고 있으며 새해가 되면 우리에게 밀감을 갖다주는 사촌들만 몇 명 있었기에, 그리고 외할머니는 내가 눈을 뜨기 전에 눈을 감았기 때문에, 나로서는 어머니가 처음부터 어른인 상태로 유년기에서 튀어나와 수많은 나의 형제자매들을 낳았다고 손쉽게 생각했다.

어머니의 이름은 잔 키달이었다. 내 기억 속에 무척이나 아름다운 여성의 모습으로 남아 있다. 사포딜라처럼 부드러운 피부에 눈부신 미소. 키가 크고 조각상처럼 당당한 모습. 너무 환한 색깔의 스타킹만 빼면 늘 세련된 옷차림새. 그녀는 지치지도 않고 선행을 베풀지만, 라푸앵트에서 그녀를 좋아하는 사람은 거의 없었다. 그녀는 일요일마다 도움을 청하러 오는 십여 명의 가난한 사람들을 거뒀다. 전설적 인물로서 명성도 누렸다. 늘 엄혹한 그녀의 평가나 판단이 사람들 입길에 오르내렸다. 사람들은 어머니의 독설이나 불같은 성질을 과장했다. 사람들은 어머니가 어떻게 양산이 부러져라 경찰관 등짝을 후려쳤는지에 대해 입방아들을 찧어댔는데, 어머니 말로는 그 경찰관 잘못인데 어머니를 존중해주지 않았다는 거였다. 어머니 성격의 근본은 자부심이었으니까. 외할머니는 글도 읽지 못하는 사생아였고, 라트레유를 떠나 라푸앵트로 가서 품팔이를 했다. 외할머니 엘로디. 클랭 피아노 위에 놓인 사진에는, 머릿수건을 쓰고 허약해 보이는 흑백 혼혈 여성이 있는데, 소외된 삶, "예, 마님, 예, 나리" 하며 고개를 숙인 삶을 사느라 더더욱 약해진 모습이다. 그러니까 어머니는 주인 자식들에게 모욕을 당하며 부르주아 저택의 부엌에 딸린 채마밭 근처에서 자랐다. 운명이, 어머니 역시 외할머니처럼 불 앞에서 음식을 장만하며 아무 놈하고나 눈이 맞아 덜컥 아비 없는 애를 배기를 원했을 수도 있다. 하지만 식민자들이 늘 눈이 먼 건 아니어서, 초등학교 시절부터 그녀의 뛰어난 지적 능력을 알아보았다. 어머니는 장학금과 무이자 신용대출 덕분에 최초의 흑인 여성 교사들 중 한 명이 되었다. 근사한 신붓감이 된 어머니에게 빠르게 많은 남자들이 치근댔다. 어머니로서는 베일과 화관을 쓰고 성당에서 결혼식을 올리길 바랄 만도 했다. 하지만 어머니는 구혼자들 중 대다수가 오로지 그녀가 받는 정교사 봉급에만 눈이 쏠린다는 걸 모르지 않았기에, 조금도 넘어가지 않았다. 어머니는 스무 살에 아버지를 만났다. 아버지는 당시 마흔세 살이었고 일찍 머리가 셌더랬다. 첫번째 아내를 땅에 묻은 지 얼마 안 된 터라 남자아이 둘, 알베르와 세르주를 혼자 키우는 처지였다. 어쨌든 어머니는 아버지와 혼인하기로 했다. 내가 이런 추측을 할 근거는 어디에도 없지만, 그런 결정에 사랑이 차지하는 몫은 아주 조금뿐이지 않았을까라는 의심이 든다. 잔이라면 이미 관절염이 생겼고 귀갑으로 만든 굵은 테의 안경을 쓰고서도 시력이 좋지 못한 애 둘 딸린 홀아비를 사랑할 리 없었다. 하지만 뛰어난 야심가이자 그녀의 삶을 편안하게 보살

피겠다는 이 사십대 남자는, 콩데가에 이미 이층짜리 단독주택을 짓고 살고 있으며 4기통 시트로엥 자가용을 소유하고 있었다. 그는 사업에 뛰어들려고 이미 교직을 떠난 뒤였다. 자신과 비슷한 다른 사업가들과 함께, 훗날 공무원 원조가 목적인 앤틸리스 은행으로 거듭날 협동신용금고를 창설했다. 곁에서 보면, 우리 부모의 결혼생활은 행복과 불행이 뒤섞인 평범한 유형이었다. 두 사람한테는 아이 여덟이 생겼다. 아들 넷에 딸 넷. 그중 아이 둘이 젊은 나이에 세상을 떴고, 어머니는 그로 인한 슬픔을 결코 달래지 못했다. 두 사람은 돈이 부족하지 않았고 멀리까지 여행했다. 이탈리아까지. 아버지는 충실한 남편이었다. 배다른 형제 자매가 학교에 신고 갈 구두 살 돈을 달라면서 집에 찾아오는 일도 전혀 없었다. 그런데도 그 무엇도 아버지가 어머니의 짝이 될 만하지 않다는 생각을 내 머릿속에서 없애지는 못하리라. 아버지가 어머니를 "내 보물"이라고 불러봤자였던 게, 아버지는 어머니를 이해하지 못했고, 나아가 어머니는 아버지에게 두려움을 불러일으켰다. 그 점에 있어 상드리노 오빠는 단호했다. 오빠 말에 따르면, 어머니는 욕구불만인 여자였다.

　"어쩌겠어." 오빠가 누누이 말했다. "늙은이에게 자신을 팔았잖아. 내 장담하는데, 아마 오래전부터 제대로 사랑을 나누지 못했을걸. 넌, 우연한 사고였지."

번쩍거리는 그 겉모습 아래 숨겨진 어머니는 자신의 어머니와 외할머니를 그토록 가혹하게 다뤘던 고삐 풀린 암말 같은 인생에 대해 겁이 났으리라고 생각한다. 낯선 남자가 그녀의 어머니인 엘로디를 강간했고, 그보다 십오 년 더 전에는 마리갈랑트섬 출신의 공장주가 엘로디의 어머니를 강간했더랬다. 두 여자 모두 버림받았고 그들에게는 산더미 같은 진실과 두 눈에서 흐르는 눈물만 남았다. 엘로디는 자기 거라고는 아무것도 가져본 적이 없었다. 오두막 한 채도. 좋은 원피스 한 벌조차도. 심지어 무덤조차도. 엘로디는 마지막 고용주들의 지하 납골당에서 영원의 잠을 잤다. 결과적으로, 어머니의 강박관념은 자신의 어머니와 외할머니가 떨어진 그곳으로 자신도 떨어지는 거였다. 특히 사람들이 자신을 평범한 사람과 혼동할 때, 자신의 힘만으로 이뤄낸 현재의 그녀 모습에 경의를 표하지 않을 때 그랬다. 어머니는 언니들을 두려움에 떨게 했다. 상드리노와 나만이 어머니에게 맞서 고개를 쳐들었다. 내가 아주 어렸음에도 어머니가 당연한 것처럼 하는 말들 중 어떤 것들은 분노가 치밀게 했다. 특히 내가 아델리아 곁에서 시간을 보내려고 하는 경향을 보이면, 자주 했던 말.

"네 꼴을 보니, 제대로 된 일은 하나도 못하겠구나. 똑똑한 여자애들은 부엌에서 시간을 보내지 않는 법이다."

그런 말은 세월이 흐르면서 그녀와 하녀였던 자기 어머니 사이에 더 깊어진 골로 인해 생긴 거리를 개탄하는 그녀만의 방식이었다는 걸, 나는 이해하지 못했다. 라푸앵트 사람들은 그녀가 엘로디의 마음을 산산이 부숴버린 감정 없는 여자라고 얘기했다. 자기 어머니가 페스트 환자라도 되는 것처럼 자기 아이들을 만지지 못하게 했다더라. 머릿수건이 부끄럽다고 자기 어머니에게 억지로 모자를 씌우는 바람에 횡해진 관자놀이가 다 드러나게 했다더라. 크레올어로 말한다고 억지로 입을 다물고 있으라고 했다더라. 몸가짐이 하녀 같다고 집에 손님이 올 때마다 어머니를 숨겼다더라.

그래서 다시 열 살 적으로 돌아가면, 국어에서 좋은 점수를 받은 것에 고무되어 어머니 생일에 내가 직접 쓴 글을 드려도 되느냐고 물었다. 나는 온갖 짓을 해도 다 괜찮았기에 그러라는 허락을 받았다. 난 그 누구의 도움도 청하지 않았다. 상드리노한테조차 도와달라 하지 않았는데, 사실 오빠는 이런 식의 생일 행사에 대해 들입다 비웃었고, 연극에서 역할을 하나 맡으라고 해도 절대 받아들이지 않았다. 난 무엇을 쓰고 싶은지 정확히 알지 못했다. 그저 어머니 같은 훌륭한 인물이라면 자신만의 기록관을 가질 자격이 있다고 느꼈다. 최선을 다해 그토록 복잡한 존재를 표현하는 일에 전념해야 한다고 느꼈다. 오래 생각한 끝에, 연극작

품과 흡사할 한 편의 자유시를 쓰기로 했다. 등장인물은 단 한 명이 되리라. 변신을 통해, 이 유일한 등장인물은 어머니 성격의 다양한 측면들을 표현하게 될 거다. 언제든지 가난한 사람들에게 마지막 지폐까지 나눠줄 수 있을 정도로 너그러운 동시에, 아델리아가 월급을 몇 프랑 올려달란다고 성마르게 빈정댄다. 알지도 못하는 사람의 불행에 대해 뜨거운 눈물을 쏟을 정도로 감정이 풍부하다. 오만하다. 성을 잘 낸다. 특히 성을 잘 낸다. 날카로운 독설만으로도 사람을 베어 죽일 수 있는데도 절대 사죄하는 법은 없다. 몇 주 동안이나 학교 숙제를 소홀히 해가면서 악착같이 작업했다. 한밤중에 일어나 브리치즈처럼 둥근달이 창가에 내려앉는 걸 보았다. 나는 어머니의 관심을 끌지 않으려고 조심하면서 새벽 네시에 일어났는데, 어머니는 옆방에서 벌써 일어나 옷을 갖춰 입고 있었다. 어머니는 하느님이 창조하신 매일매일을, 목걸이나 반지 따위의 장신구 일절 없이 예수 수난상처럼 헐벗은 모습으로 새벽 미사에 참여했기 때문이다. 어머니는 매일 성당에서 성체배령을 했고 자기 자리로 돌아와서는 이테 미사 에스트*라고 할 때까지 몸을 푹 숙이고서 열광적인 기도를 중얼댔다. 그녀는 선하신 하느님에게 무엇을 부탁했을까?

---

* Ite missa est. 미사가 끝났으니 돌아가 복음을 전하라는 뜻.

거의 무아지경 상태로 몇 주를 보내고 나니 드디어 태양이 생일날을 밝혔다. 아침부터 운명은 수천 가지 조짐을 통해 내가 바라던 대로 상황이 흘러가지 않으리라는 걸 알려왔다. 불행히도 나는 맹목적이고 고집 센 아이였다. 뒤부샤주학교에서는 어머니의 귀염둥이 학생들이 축사를 외우지 못하고 입을 헤벌리고는 발을 바꿔가며 좌우로 몸을 흔들어대는 바람에, 어머니가 뒤뚱대는 칠면조들 같다고 쏘아붙였다. 점심식사 자리에서는 아버지가 브로치를 꺼내놨는데, 브로치 주인될 사람이 마음에 들어하지 않는다는 게 확연했고, 게다가 아버지가 조젯크레이프블라우스에 브로치를 달아줄 때 핀에 찔렸다. 아델리아는 부엌에서 발을 헛딛는 바람에 샴페인 잔 전부를 산산조각내고 말았다. 연극은 대사를 열심히 귀띔해줬음에도 대참사였다. 어머니가 박수를 드물게 치는 것이 마음에 들어하지 않는다는 걸 잘 보여줬다. 가족의 잃어버린 명예를 복구하기 위해서 이젠 내가 쓴 글만이 남았다.

당연히 그 글은 사라지고 없어서 정확히 뭐라고 썼는지 말할 수 없다. 그 글에 고전 신화에 대한 언급이 가득했다는 건 기억난다. 마침 학교에서 '그리스와 동양'에 대해 배웠으니까. 첫번째 변신에서 어머니는 머리카락이 온통 독사인 고르곤 자매 중 한 명에 비유됐다. 두번째 변신에서는 신들 중 가장 강력한 신을 달콤한 아름다움으로 유혹했던 레다에 비유됐다. 내가 낭송을 시작하자마자 아버지, 언니들, 어머니의 친구들, 심지어 상드리노의 얼굴마저 허물어지면서 놀라움, 당혹스러움, 믿어지지 않는다는 표정을 띠었다. 하지만 어머니의 아름다운 얼굴에는 아무런 표정도 나타나지 않았다. 어머니는 의자에 반듯하게 앉아서 자신이 좋아하는 자세, 그러니까 왼손을 목 부위에 갖다대고 턱을 괸 자세를 취한 채였다. 마치 내 말을 더 잘 들으려고 집중한 것처럼 눈을 반쯤 감고 있었다.

나는 하늘색 튜닉을 입고 으스대면서 족히 사십오 분 동안 어머니 앞에서 과장된 몸짓을 해댔다.

갑자기 어머니가 나를 응시했다. 어머니의 두 눈은 반짝이는 얇은 막으로 덮여 있었다. 곧 그 막이 찢어지면서 눈물이 분 바른 뺨 위로 고랑을 그리며 떨어졌다.

"네 눈엔 내가 그렇게 보이니?" 어머니가 성내지 않고 물었다.

그러더니 일어나서 거실을 가로질러 침실로 올라갔다. 나는 어머니가 우는 모습을 한 번도 본 적이 없었다. 계단에서 미끄러지면서 팔뼈가 부러졌을 때조차도. 처음에 나는 오만함과 흡사한 자극적인 감정을 느꼈다. 나, 열 살짜리에 집안의 막내인 내가 태양을 삼키겠다고 위협하는 야수를 길들였다. 질주하는 푸에르토리코의 수소들을 멈춰 세웠다. 그리고 나니 절망감이 나를 사로잡았다. 오, 하느님, 제가 무슨 짓을 저질렀나요? 난 이블리즈와의 불화에서 얻은 교훈을 제대로 간직하고 있지 못했다. 그걸로는 충분하지 않았던 거다. 진실을 말해서는 안 된다. 결코. 결코. 사랑하는 사람들에게는. 그들의 모습은 가장 화려한 색채로 칠해줘야 한다. 스스로에게 감탄할 거리를 줘야 한다. 자신의 모습이 아닌 걸 자신의 모습으로 여기게 둬야 한다. 나는 급하게 거실 밖으로 뛰쳐나갔고, 한꺼번에 여러 개의 계단을 뛰어올라갔다. 하지만 어머니의 침실 문은 닫혀 있었다. 소리를 지르고 두 손과 두 발로 문을 두드려도 소용없었으니, 어머니는 마음을 열지 않았다.

난 밤새 울었다.

다음날, 어머니는 나를 평소처럼 대하는 척했다. 내 머리를 만져주는 손길이 평소보다 거칠지도 않았고, 네 가닥으로 딴 머리에 분홍색 리본을 묶어줬다. 아주까리기름으로 내 다리에 윤을 내줬다. 배운 걸 복습하게 해줬다. 내가 눈물을 철철 쏟으면서 어머니의 목을 두 팔로 감고 그게 나쁜 줄 전혀 몰랐다는 설명과 더불어 용서를 구하자, 어머니가 차갑게 물었다.

"용서라니? 왜 용서를 구하지? 넌 네가 생각하는 대로 말한 거잖니."

이 차분함이 어머니가 실제로 입은 상처의 깊이를 보여줬다.

세상에서 가장 아름다운 여인

생피에르에생폴성당에서 우리에게 배정된 기도석은 중앙 통로의 32번석이었다. 아주 어렸을 적엔, 교회지기가 들고 있던 지팡이로 바닥을 치면 무척 겁이 나긴 했지만 그 교회지기를 지나쳐서, 폭포수처럼 쏟아지는 오르간소리와 주제단에 쌓여 있는 백합과 만향옥의 향기가 이끄는 대로, 눈을 감고서라도 그 피난처를 향해 나아갈 수 있었을 거다. 기도석은 협소했다. 초로 윤을 냈기 때문에 나무가 반질거렸다. 등받이는 몹시 높았다. 뒤에서 무슨 일이 벌어졌는지 보려고 들면 좌석에 무릎을 대고 몸을 일으켜야 했겠지만, 그런 일은 금지됐다.

프리메이슨에게 호감이 있었던 아버지는 우리와 함께 성당에 가는 일이 절대 없었다. 평상복 차림으로 집에 남았고, 그 기회를 활용해 친구들을 불러들였는데, 어머니는 모두 다 아버지처럼 신앙심이 없는 사람들이라고 한탄했다. 아버지는 그들과 어울려 담배를 피웠고, 이번 한 번뿐이니 하는 심정으로 독주까지 한두 잔 걸쳤다. 우리집에서 성당까지는 똑바로 걸어가면 몇 분밖에 걸리지 않았다. 빅투아르광장을 가로지르기만 하면 됐다. 하지만 어머니는 열 걸음마다 멈춰 서서 아는 사람에게 인사를 건네고 대화를 나눴기에, 우리는 기다리고 있어야만 했다. 어쨌든 나는 어머니 곁에서 벗어나 깡충거리거나 여기저기로 돌아다닐 수가 없었는데, 어머니가 내 손을 꼭 쥐고 있어서였다. 상드리노는 늘, 스스로 무신론자라고 주장했던 만큼 죽을상을 하고 맨 뒤에서 걸었다. 우리는 성당 앞 광장 계단을 다 함께 올라갔고, 어머니와 내가 앞장섰고, 둘씩 짝 맞춰 성당 안으로 들어갔다. 기도석에 도착하면 다 같이 성호를 그었는데, 나는 말 잘 듣는 원숭이처럼 어머니의 여유로운 동작을 따라 하려고 애를 썼다. 그러고 나면 우리는 기도대에 의지해 무릎을 꿇었다. 우리는 늘 어머니를 따라서, 몇 분 동안 모은 손 위에 고개를 숙여 머리를 대고 있었다. 그러고 나서야 자리에 앉았다. 스테인드글라스만큼이나 환한 성당 안에 내려앉은 침묵은 참으려는 기침소리와 아이들 울음소리로 끊어졌다. 마침내 오르간이 울리면, 사제가 붉은색 전례복을 입은 어린이 합창단원들에 둘러싸인 채 힘차게 향로를 흔들면서 모습을 드러냈다. 맹렬하게 거부했던 상드리노만 빼면, 오빠들 모두 차례차례 합창단원을 했던 것 같다. 어머니와 아버지는 유일하게 하느님, 교회 문제에 있어서만은 의견이 갈렸다. 하지만 그 문제를 놓고 다투지는 않았다. 아버지는 제대로 된 여성이라면 종교가 있는 게 당연하다고, 어머니는 남자가 종교를 갖지 않는 건 어쩔 수 없다고 여겼다.

멋부리기를 엄청나게 좋아해서 몸치장이라면 좋아 어쩔 줄 모르는 나였지만, 교회에 가는 건 좋아하지 않았다. 머리카락을 낚아채는 모자를 쓰고, 발가락을 옥죄는 에나멜 구두를 신고, 무릎까지 올라오는 더운 면스타킹을 신어야 했는데, 특히 괴로운 건 늘 이야깃거리가 있는 내가 무려 한 시간을 넘게 입을 다물고 있어야 했다는 것이다. 종종 불편한 상태로 눈을 감고 있다가 성경 말씀 후에 꼬박꼬박 졸기도 했다. 그러면 그게 마음에 들지 않는 어머니가 내 팔을 대추나무 가지 흔들듯 흔들어댔다. 언니들 말을 믿자면 나는 무슨 짓을 해도 봐줬던 어머니가 미사에서의 몸가짐에 대해서만은 가장 엄격한 태도를 보여줬다. 어머니는 사람들을 미사에서 풀어주는 이테 미사 에스트라는 말이 떨어질 때까지 내가 깨어 있어야 한다는 점에 대해서는 물러섬이 없었다. 나는 졸지 않으려고 머릿속으로 노래 후렴구를 흥얼거렸다. 어쩌나, 여기가 어딘지 나는 가끔 잊곤 했다. 그러면 후렴구가 내 입에서 나왔고, 그러다가 매섭게 한 대 맞았다. 수도 없이 여러 번, 벽감 속에 서 있는 석고석상들 수를 일일이 헤아리곤 했다. 머리가 벗어진 파도바의 성 안토니오. 자신의 기도서 위에 걸터앉은 아기 예수. 장미 봉오리 화관을 쓰고 하늘을 올려다보는 리지외의 성녀 데레사. 샌들을 신고서 뱀을 짓밟는―너무 무모하지 않나!―성 미카엘 대천사. 나는 햇빛이 들이쳐서 환하게 빛나는 스테인드글라스로 눈길을 돌렸다. 그쪽에도 역시 새로운 것은 하나도 없었다. 노란색, 붉은색, 푸른색. 나는 얼굴들의 물결 속에서 어머니 아버지의 지인들을 찾아보려고 했다. 지인 몇 명이 엇비슷하게 격식을 갖춰 차려입고 거기 앉아 있었다. 최근에 내 중이염을 치료해준 의사 멜라스. 두꺼비들이 갇힌 표본병들을 약국에 진열해둔 비탈리즈 씨. 커가면서, 뒤집힌 배의 밑바닥 모양인 둥근 천장 아래 위치한 중앙 회중석에, 검은 얼굴 혹은 그저 유색의 얼굴이 앉아 있는 일이 얼마나 드문지를 깨닫지 못할 수가 없었다. 그 얼굴들은, 마치 우리가 노래에 담긴 아이러니를 전혀 보지 못한 채 불러댔던 노랫말대로, 우유 사발에 떨어진 것처럼 두드러졌다.

    검둥이 여자가 우유를 마시다가
    퍼뜩 든 생각, 아, 만약 내가

우유 사발에 얼굴을 담글 수 있다면
그 어떤 프랑스인보다도
더 하얗게 될 텐데
에이 에이 에이!

사방에 토착 백인들. 우리 앞쪽 기도석에도 토착 백인, 우리 뒤쪽 기도석에도 토착 백인. 라푸앵트 구석구석에서 쏟아져나온 그들. 남자, 여자, 아이들. 노인, 젊은이, 팔에 안긴 아가들. 일요일 미사가 아니라면 그만큼이나 되는 그들을 볼 일은 절대 없었다. 성당이 그들의 재산이라고 해도 믿길 만큼, 선량한 하느님이 그들의 가까운 친척이라고 해도 믿길 만큼, 많은 수의 그들을.

나는 안마리 드 쉬르빌과의 일을 겪고 났는데도 토착 백인들에 대한 공격성이 전혀 생기지 않았는데, 당시 그 일은 내 기억 저 안쪽에 편리한 대로 파묻어뒀더랬다. 봤다시피, 부모는 내게 좀비나 수쿠냥* 이야기를 들려주지 않듯, 토착 백인에 얽힌 이야기도 해주지 않았다. 학급 친구들 중엔 백인도 있었지만 일단 학교를 졸업하고 나면, 그 아이들과 계속 만나는 건 생각으로라도

---

* 크레올의 민간전승에 등장하는 악령으로, 밤이 되면 껍데기를 벗어던지고 불덩어리가 되어 날아다닌다.

해보지 않았을 거다. 길에서 스쳐간다 하더라도 우리는 알아서 시선을 피했다. 어느 일요일, 왜인지는 모르겠지만, 호기심이 발동해 주변의 토착 백인들을 유심히 살펴보기 시작했다.

크레올 말로 그들을 '귀때기'라고 부른다는 건 알고 있었다. 어른이든 아이든 남자들이 붉고 위압적인 당나귀 귀를 달고 있다는 건 사실이었다. 여자들은 머리를 고동 모양으로 말아서, 계집아이들은 구불구불한 머리카락을 양옆으로 늘어뜨리고 리본을 달아서 그런 귀를 감추려고 했다. 그럼에도 그 귀들은 모자 양옆으로 우스꽝스럽거나 위압적으로 삐죽 튀어나와 있었다. 나의 눈길은 똑같은 인장을 찍은 듯 누리끼리하게 창백한 얼굴들이 줄줄이 늘어선 모습을 위아래로 훑고 다녔고, 오만하게 우뚝 솟은 코들에 부딪혔다가 면도날처럼 가느다란 선을 그린 입술들 주위를 맴돌았다. 바로 그때, 살짝 비웃는 심정으로 훑고 다니다가 우연히 어떤 여인에게 눈길이 갔다. 그 여인은 아주 젊었는데, 다갈색 머리카락에 밀짚으로 된 검은색의 챙 없는 납작모자를 쓰고, 이마는 모자에 드리운 베일에 반쯤 가렸고, 두 뺨은 벨벳처럼 부드럽고, 입술은 장미 봉오리 같았다. 베이지색 리넨정장을 입었는데 깃에는 카메오*가 꽂혀 있었다. 그렇게 완벽한 생

---

* 호박, 조개껍데기 등으로 돋을새김해 만든 장신구의 일종.

김새는 본 적이 없었다. 남은 미사 시간 내내, 그 여인을 관찰하는 일을 멈출 수 없었다. 한 순간, 그 여자의 눈길이 나의 눈길과 마주쳤지만 속상하게도 그 여인은 무관심만 담긴 그 눈길을 곧 돌려버렸다. 그 여자는 나란 존재를 알아차리지도 못했다. 이테 미사 에스트란 말이 떨어지자, 그 여자는 좌석에서 일어나 경건하게 무릎을 꿇고 성호를 긋더니, 어떤 남자의 팔짱을 꼈다. 다음 일요일, 나의 관찰석에서 그 여자가 가족들에 둘러싸여서, 그리고 그녀와 마찬가지로 아주 젊지만 어느 모로 보나 그런 보물을 소유할 자격이 없어 보이는 아주 평범한 생김새의 콧수염쟁이 남편의 팔짱을 끼고 도착하는 걸 지켜봤다. 그 여인은 이번에는 흰색 레이스 옷을 입고 있었고, 챙 없는 납작모자는 챙이 넓은 캐플린 모자로, 카메오는 상당히 굵은 알을 엮어놓은 황금구슬 목걸이로 바뀌어 있었다. 그 여인이 내가 보기에는 흉내조차 낼 수 없을 듯한 우아한 동작으로 스물아홉번째 열에 자리를 잡았다. 나는 탐정처럼 그 번호를 기록했다. 호기심이 나를 삼켰다. 집에 돌아오자마자 어머니에게 우리 가족이 앉은 곳과 멀지 않은 스물아홉번째 열에 앉는 토착 백인들 가족이 어떤 집안 사람들인지 물었다. 어머니와 어머니 친구들은 으뜸가는 족보 전문가들이었고, 그 사실을 나도 알고 있었다. 그들은 부모 자식, 혼인, 친인척, 이혼 등의 관계도를 몽땅 기억하고 있었다. 오가는 대화의 대부분이 그와 관계된 최신 정보로 갈아끼우는 내용이라서, 유산 상속과 분배 문제로 골머리를 썩이는 공증인들에게 자문을 해줄 수도 있었을 거다. 어머니가 완벽한 답변을 내놨다.

"랭쇠유 집안이네. 아주 수지맞는 혼사였는데, 아멜리를 그로스몽타뉴공장 소유주 아들이랑 결혼시켰거든."

어머니는 다른 이야기로 넘어가려다가 가만 생각해보니 내 질문이 너무 의외였다. 어머니가 내 쪽으로 방향을 틀었다. 그 사람들과 뭔 볼일이라도 있나?

"이제까지 내가 봤던 그 어떤 여자랑도 비교할 수 없을 정도로 아멜리가 제일 아름다워서요." 내가 열중한 상태 그대로 신이 나서 대답했다.

그러고는 어머니의 표정에 신경도 쓰지 않고 덧붙였다.

"내 눈에는 미의 이상형이에요."

죽음 같은 침묵. 어머니는 잠자코 있었다. 어머니가 거실에서 우스갯소리를 하고 있던 아버지와 침실 창가에서 한가하게 이야기를 나누고 있던 언니 오빠들을 데리고 오라고 시켰다. 어머니가 나의 죄목을 고했다. 어떻게 마리즈한테는 미의 이상형이 백인 여자일 수 있지? 그런 영예에 합당한 우리 같은 피부색의 여자들은 존재하지 않는다는 건가? 흑백 혼혈 여성이나 흑인과 흑백 혼혈의 결합에서 태어난 여성이거나 하다못해 인도 출신 노동자 여자라도 골랐더라면 그냥 넘어갔을 거다! 어머니의 말을 반박해서 좋을 게 없다는 걸 알고 있는 아버지였지만, 이번 한 번은 내 편을 들었다. 별것도 아닌 일로 너무 시끄럽게 구는 것 아닌가? 아직 많이 어리니까. 어머니는 그런 정상참작을 받아들이지 않았다. 나는 이미 판단력을 갖췄다. 나는 자신이 무슨 일을 하는지 아는 애였다. 그뒤로 호소력 짙은 명연설이 이어졌는데, 그 테마들은 훗날 블랙 이즈 뷰티풀 운동의 전신에 값했다. 내 두 뺨이 활활 타올랐다. 매 순간 내 편이 되어줬던 상드리노마저도 동의하는 표정이라서 더더욱 부끄러웠다. 난 방에 처박혔다. 어떤 면에서는 어머니가 옳다는 생각이 들었다. 동시에 내가 죄인인 것은 아니었다. 아멜리가 백인이라서 찬미했던 게 아니니까. 그렇긴 했지만, 그 분홍빛 피부나 연한 색깔의 눈이나 구불거리는 머리카락이 내가 그토록 감탄해 마지않은 전체적인 모습에 속하는 부분이긴 했다. 이 모든 건 나의 이해력을 벗어나 있었다.

그다음 일요일에 아멜리가 자기네 기도석으로 들어가면서 무릎을 꿇고 성호를 긋는 걸 옆눈으로만 봤다. 그쪽으로는 고개도 돌리지 않았다.

그 아름다움이 내게는 금지된 것임을 알게 됐으니까.

금지된 말

한 해가 저물 무렵, 저녁마다 어머니가 내려와 식탁에 앉을 때 보면, 두 눈은 젖어 있고 눈꺼풀은 퉁퉁 부어 있었다. 아델리아가 어머니의 접시를 헌신적으로 채워줬지만, 어머니는 손도 대지 않고서 급하게 다시 자기 방으로 달아나 그곳에 처박혔고, 그 방에서는 상처 입은 어머니가 부상당한 사람처럼 앓는 소리가 흘러나왔다. 아버지는 자리를 지켰다. 그 자리에 어울리는 표정을 여봐란듯 짓고 있었지만 기름진 수프를 한 숟갈 뜰 때마다 커다랗게 한숨을 내쉬었다. 식사가 끝나면 아델리아가 차를 한 잔 들고 올라갔는데, 후추향이 풍기는 걸로 보아 시나쑥차라는 걸 알 수 있었고, 아델리아는 엄마 곁에 오래오래 머무르곤 했다.

아델리아를 기다리면서 나는 초조해서 발을 굴렀다. 상드리노와 나는 아델리아와 함께가 아니라면 길을 건너갈 수 없었고, 클라비에네 마당에 자리를 잡을 수 없었다. 우리는 12월로 들어서자마자 동네 사람들과 함께 어울려 별이 돋은 하늘을 바라보며 가끔씩은 자정이 될 때까지 대림절 성가를 불러젖혔다. 드리스콜네 할머니마저도 자기 의자를 갖고 와서는 담 모퉁이에 자리 잡았다. 나의 부모는 그런 모임에 섞이는 법이 결코 없었지만, 어쨌든 우리가 거기 끼게 내버려뒀다. "〈성탄 축하 합창〉 행사"가 그들이 서민적 전통에 유일하게 내주는 양보였다. 성가의 리듬이 크레올의 민속춤이나 마주르카의 리듬만큼이나 야단스럽고 우리가 대야나 냄비 바닥을 격렬하게 두드리긴 했지만, 가사는 표준어였다. 올바른 프랑스어. 프랑스식 프랑스어. 지금도 틀리지 않고 노래할 수 있다. 내가 지금도 제일 좋아하는 성가인 〈미쇼가 초가집에서 밤샘을 했네〉라든가, 〈이웃이여, 이 커다란 소리가 어디서 났소?〉도 마찬가지다. 〈오소서, 구세주여, 오소서, 생명의 샘〉 혹은 〈요셉, 나의 사랑하는 충복〉도.

나로서는 어머니 상태가 왜 그런지 그 원인이 수수께끼였다. 어머니는 아픈 게 아니었다. 아버지가 의사 멜라스에게 왕진을 청하지 않았으니까. 어머니는 화가 나지도 않았고, 이웃이건 동료건 외지인이건 간에 그 누구하고도, 뒤부샤주학교든 거리든 상점이든 영화관에서든 그 어디에서도 다툰 적이 없었다. 뭣 때문에 언짢은 걸까? 상드리노가 결국 에밀리아의 남편이 에밀리아를 떠났다고 내 귀에 대고 속삭였다. 그들이 이혼을 할 거란다.

이혼?

나는 에밀리아 언니를 잘 알지 못했다. 여러 해 전부터 파리에 살아서, 우리가 프랑스에 머무를 기회가 있을 때만 만났다. 이십 년이 넘게 떨어져 있어서 서로 나눌 말이 별로 없었다. 어떤 감정이든지 감정 표현이 드문 아버지지만, 마음속에 가장 소중하게 품은 첫아이인 장녀 얘기만 나오면 살살 녹았다. 아버지는 에밀리아의 재기 넘치는 언행을 입에 올렸다. 에밀리아의 지성과 매력과 그 유순한 성격을 자랑스러워했고, 그런 모든 칭찬은 가족들이 하나같이 불평쟁이에다 못생겼다는 데 동의하는 가여운 테레즈에게로 가서 꽂히는 그만큼의 화살들로 보였다. 어머니는 앨범의 사진들을 보여주면서 에밀리아가 자신의 판박이라고 주장했다. 에밀리아는 조리스 테르튈리앙, 그러니까 마리갈랑트섬의 아주 유명하고 아주 부유한 유명인사의 아들과 혼인했다. 그 둘의 사진은 피아노 위 눈에 가장 잘 띄는 곳에 놓여 있었다. 두 사람은 대학생 신분으로 파리에서 결혼했는데, 아마도 두 집안의 요란한 과시를 피하기 위해서였을 거다. 내가 알기로 두 사람은 아이 하나를 잃었다. 나는 두 사람에게 관심이 없었다. 나의 부모는 테르튈리앙 집안과 혼맥으로 연결된 걸 무척이나 영광으로 여겨서, 조금의 구실이라도 생겼다 하면 그 이야기를 해댔다. 그들 눈에, 에밀리아와 조리스의 결합은 가계도를 따져봤을 때 어느 한쪽도 처지지 않는 두 왕국의 후계자들의 결합에 비길 만했다. 보다 은밀하게는, 어머니 입장에서 보면, 두 사람의 결합은 자신의 어머니가 곤궁과 가난에 시달리다 떠났던 섬에 대한 복수를 상징했다는 생각을 해본다.

에밀리아와 조리스가 결혼한 직후인 8월 15일, 그랑부르의 수호성인 축일인 그날, 테레즈, 상드리노, 내가 두 가문 사이의 새로운 관계를 보여주기 위해 테르틸리앵 집안사람들을 만나고 오라고 파견되었다. 나로서는 마리갈랑트섬을, 나만의 라데지라드섬*인 그곳을 처음으로 여행하는 거였다. 해협에는 심한 풍랑이 일었다. 라푸앵트와 섬을 연결하는 델그레호에는 사람들이 가득했다. 배는 물마루까지 올랐다가 수 미터 저 아래 바닥으로 떨어지기를 반복했다. 승객들이 배 여기저기에서 토악질을 해댔다. 빈틈없는 준비성의 소유자들은 종이봉투를 잔뜩 챙겨왔고, 비틀거리며 걸어가 갑판 난간 너머로 종이봉투를 투척했다. 종종 목표물을 빗맞히면 내용물이 간판에 뭉개졌다. 수많은 사람들, 흔

---

* 과들루프를 이루는 여러 섬 중 하나. 크리스토퍼 콜럼버스가 1493년 2차 항해 때 발견한 섬으로, 스페인 선원들이 육지에 발을 들여놓고 싶은 강렬한 열망을 담아 '탐나는 여인'이라는 의미의 이름을 붙였다.

들림, 악취. 테레즈가 내 입에 계속해서 둥글게 자른 라임 조각들을 쑤셔넣지 않았더라면 정신을 잃었을 거다. 이렇게 세 시간 반 동안 죽을 것 같은 고통을 겪고 나니 섬이 바다 위로 모습을 드러냈다. 해안가의 새하얀 절벽들과, 그곳에 뜻밖의 자세로 서 있는 어린 염소들처럼 아슬아슬하게 서 있는 전통 가옥들이 물결 위로 모습을 드러냈다. 어느 결에 요술을 부린 듯 바다가 잠잠해져서 델그레호는 잔교를 따라서 순조롭게 닻을 내렸다. 테르튈리앵 부부는 우리에겐 놀라웠다. 모든 면에서 우리 부모와는 반대였다. 솔직했고, 미소가 넘쳤으며, 상냥했다. 아내는 샌들을 끌고 나왔고, 머리에는 밀짚모자를 썼는데 모자 끈이 목에 느슨하게 묶여 있었다. 남편은 몸집은 거대했지만 성정이 유순했고, 나를 "보배"라고 부르면서 번쩍 들어올리는 순간 곧바로 나의 애정을 샀다. 뻐기는 것 없이 우리를 맞아들였지만, 사실 그 사람들은 에글리즈광장에 있는 그랑부르에서 가장 아름다운 집에 살았고, 아침마다 그 집 문 앞에는 긴 줄이 늘어섰다. 테르튈리앵 씨의 호의를 간청하러 오는 청원자들이었다. 마리갈랑트섬에서 보낸 일주일은 마법 같았다. 아들 하나뿐이었던 테르튈리앵 가족들은 나를 정도 이상으로 귀여워해줬다. 아침마다 테르튈리앵 부인이 동화 속 공주님에게 그러듯이 내게 진지하게 뭘 먹고 싶은지를 물었다. 테르튈리앵 씨는 내게 눈을 떴다 감았다 하는 인형을 사줬다. 나는 그런 자유가 있으리라고는 상상조차 해본 적이 없었기에, 라푸앵트 선착장에 지나칠 정도로 화려하게 차려입고 서 있는 어머니를 다시 보고서는 탈옥했다가 다시 감옥으로 끌려간 죄수처럼 뜨거운 눈물을 쏟았다. 그 눈물에 속기에는 너무 눈치가 빨랐던 어머니는 아이들 마음이란 게 얼마나 배은망덕한지를 울적하게 언급했다. 그뒤로, 테르튈리앵네에서는 마리갈랑트 사람들 편을 통해, 뿌리채소들과 비둘기콩혹은 리마콩, 그리고 사탕수수즙으로 만든 55도짜리 럼주 여러병으로 가득 채운 바구니들을 종종 보내왔고, 아델리아는 케이크를 만들 때 그 럼주로 향기를 냈다.

이혼이라니?

내 귀에 그 단어는 외설적인 울림을 갖고 있었다. 그 말인즉슨, 서로 입을 맞췄고 같은 모기장 아래서 찰싹 붙어 함께 잤던남자와 여자가 제각각 있던 곳으로 돌아가서, 서로에게 낯선 두사람처럼 행동한다는 거였다. 상드리노의 강력한 권고에도 불구하고 그런 정보를 혼자 간직할 수 없었던 나는 이블리즈에게 그정보를 넘겼다. 이블리즈가 보다 자세한 내용을 물어왔다. 이블리즈 말에 따르면, 만약 두 사람 사이에 아이들이 있다면 닭장속 암탉들인 양 아이들을 나눠 가졌다. 여자애들은 엄마 곁에 남는다. 남자애들은 아버지와 함께 떠난다. 나는 이런 식의 솔로몬의 판결에 분개했다. 내가 반박했다. 만약 아들이 어머니와 함께 남고 싶어하고 딸이 아버지와 함께 떠나기를 원하면? 또, 만약 남매가 서로 상대방 없이는 살 수 없다고 하면? 이블리즈는 자기 생각을 굽히지 않았다. 그애가 잘 아는 일이었다. 자기 어머니가 아버지랑 이혼하겠다고 종종 위협을 하니까.

며칠 뒤, 어머니가 학교에서 극도로 흥분한 상태로 돌아왔다. 방에 들어간 뒤로, 한참 동안 화를 터뜨리는 소리가 우리 귀에 들렸다. 어머니에게는 그럴 만한 이유가 있었다! 동료들이 쉬는 시간에 아멜리아에게 일어난 불행한 사건을 알았다며, 마음 깊은 곳에서 우러나는 동정을 표했다. 어머니는 그런 동정을 오연한 자세로 받아들였고, 딱딱하게 굴면서 동료들을 푸대접했다. 도대체 무슨 불행을 말하는 거죠? 딸아이의 임박한 이혼? 이봐요들! 조리스 테르튈리앵은 에밀리아를 떠남으로써 한번 더 앤틸리스제도 수컷들의 무책임함을 생생하게 보여줬을 뿐이라고요.

다음날부터 이웃 여자들이 우리집으로 쏟아져들어왔다. 어머니가 학교에서 돌아오자마자 어머니를 찾아온 여자들이 문을 두드려댔다. 결국 어머니는 저녁식사 때까지 거실의 코너형 소파에 꼿꼿하게 앉아서 방문객들을 맞았다. 그런 방문객들 가운데에는, 에밀리아의 운명과 비슷한 운명이 자기 아이들에게 닥칠까봐 두려워하거나, 아니면 이미 그런 운명을 맞아 한탄하는 어머니들이 특히 많았다. 또한 노처녀들, 아무도 원치 않는 재고품들, 남편이 바람난 여자들, 매맞는 여자들 등, 남자들에게 독을 뿜을 만반의 준비가 된 온갖 종류의 앙심 품은 여자들과 분개한 여자들도 잔뜩 몰려왔다. 어머니는 그런 법석거림이 동정의 발로라고 보지 않았다. 오히려 어머니 의견으로는, 그런 여자들은 에밀리아의 불행이 안겨준 고통에 시달리는 자신을 엿보고 남의 고통으로 배를 불리고 즐기려고 온 거였다. 그래서, 그런 방문이 이어지면서, 어머니는 씁쓸함이 뒤섞인 분노로 빠져드는 저녁을 이어갔다.

방문객의 물결이 마르기 시작하고, 의연하게 자기 역할을 해나가는 것 이외의 다른 일에 신경을 쓸 수 있게 되자 질문이 떠올랐다. 이 비밀이 어디서 새나갔지? 부모가 확고한 의지로 아직 한참 동안은 비밀로 간직하려던 정보를 누가 새어나가게 됐지? 나의 눈물이 나를 지목했다. 내가 가련한 어조로 단짝 이블리즈에게 이야기를 했다고 털어놨다. 이블리즈가 이 소식을 어머니 리즈에게 알렸고, 리즈는 그 소식이 이기주의자처럼 혼자서만 먹기에는 너무 맛나 보인다고 판단했고, 그래서 그 소식을 뒤부샤주학교의 동료 교사들과 나눴다는 것을 모두가 이해했다. 거기서부터 출발해서, 그 소식이 라푸앵트 전역으로 옮아간 거였다. 진실을 위해, 아버지도 어머니도 내게 손찌검을 하지는 않았다는 사실을 말해둬야겠다. 혼나지도 않았고 얻어맞지도 않았다. 하지만 아버지가 허리띠를 풀어서 상드리노에게 잘하던 그 매타작을 내게 했었다 해도 그보다 더 수치스럽고 모욕적이지는 않았을 거다. 나의 부모는 귀에 딱지가 앉게 들었던 그 말을 내게 되뇌었다. 우리는 사방 적으로 둘러싸여 있다. 이혼. 비탄. 질병. 금전 부족. 학업 실패. 만약 어쩔 수 없이 그러한 비극이 발생한다면, 무슨 일이 있어도 그런 이야기가 새어나가게 해서는 안 된다. 내가 방금 목격했듯이, 늘 숨어서 엿보던 우리의 적들이 우리의 불행을 이용할 테니까. 늘 되풀이되는 주제가 다시 돌아왔다. 나처럼 영리한 애가 어떻게 그런 사실을 이해하지 못할까? 왜 그리 삐딱하게 구는가?

　나는 에밀리아에 대해 연민을 표현하는 말을 단 한 마디도 들어보지 못했다. 에밀리아와 조리스의 혼인이 왜 가슴 아픈 결말을 맞았는지, 그 원인을 결코 알지 못했다. 사실 그 누구도 거기에는 관심이 없었다. 에밀리아가 잘못한 거였다. 테르틸리앵 집안 후계자와의 결혼이 실패로 돌아가는 바람에 나의 부모가 지녔던 영예가 하나 더 줄어들게 되었다. 그로 인해 우리 가족이 자신들 주위에 쌓아올리려고 했던 높은 성벽에 금이 갔다. 그런 이유로 그 누구도 에밀리아를 가엽게 여기지 않았다.

클로즈업

어머니는 마리갈랑트섬에 사는 사촌 한 명하고만 꾸준히 교류를 이어갔다. 어머니보다 스무 살이 더 어린 그 사촌은 세라팽이라는 천상의 이름을 부르면 대답했다. 말수가 적고 쑥스러움이 많은 뚱뚱한 남자였는데, 멀리서도 촌사람 냄새를 풀풀 풍겼다. 그의 입에서 나오면 프랑스어도 크레올어 같았고 소유형용사와 마찬가지로 관사도 뒤죽박죽 사용했다. 아버지는 기꺼이 그 사람에게 자신이 입던 낡은 옷가지들을 주었고, 그 사람이 일요일에 우리집에 점심 먹으러 올 때면 소맷부리와 옷깃이 나달나달해진 셔츠와 밑창을 다시 댄 구두를 신고 나타났는데, 다 우리 눈에 익은 것들이었다. 그 사람은 어머니를 자신의 은인이라고 진지하게 생각했고, 어머니 생일이면 어김없이 분홍색 장미꽃

다발을 들고 나타났다. 이 공손한 남자는 내 형제자매들의 놀림 감이었는데, 일요일 식사 자리에서 어머니가 더 먹으라고 권할 때마다 예의바르게 고개를 저으며 이렇게 대답해서였다.

"고마워요, 사촌 잔, 충분히 배부르게 먹었어요!"

난, 그가 좋았다. 살짝 동정했던 것이리라. 그 사람은 점심식사를 기다리는 동안, 아무도 그와 대화를 나누는 수고를 하지 않았기에 내 방으로 피난와서는, 주머니에서 선물들을 꺼내냈다. 대나무 줄기를 깎아 만든 피리들, 아보카도씨로 만든 소달구지들. 한번은, 리치씨에 새긴 인디언의 담뱃대를 꺼내놨는데, 니스칠이라도 한 듯 반짝거렸다. 내게서 마리갈랑트섬에 대한 열정을 일깨운 사람이 바로 그였다고 자신한다. 그의 아버지는 생루이에서 대패질꾼이었는데, 그는 아버지가 대패질을 할 때면 아버지의 손목 주변으로 싱싱한 나무 향을 풍기는 대팻밥들이 동글동글 밀려나오던 모습을 내게 이야기해줬다. 풀숲에서 경중경중 뛰노는 수염 난 새끼 염소들, 지옥으로 낙하하는 절벽처럼 깎아지른 절벽에 생겨난 동굴들, 그 주변을 둘러싼 보랏빛 바다왕국* 또한 이야기해줬다. 나는 그에게 나의 어머니에 대해 물어보려는 생각을 그만뒀다. 그는 아무것도 몰랐다. 그가 열일곱 살에 그 평지로

---

* 바닷속 보라색 산호초 때문에 바닷물이 보랏빛을 띤다.

이루어진 섬을 떠날 때, 그의 부모가 대담한 시도를 했다. 단 한 번도 만난 적은 없지만 이야기는 너무도 많이 들어봤던, 친척관계인 나의 어머니에게 청원의 글을 보낸 거였다. 세라팽이 모범적인 직원이 되어 체신부에서 승진을 거듭할 수 있었던 건 어머니 덕분이었는데, 어머니는 즐겨 그 이야기를 꺼냈다.

우리는 매해 세라팽이 성장하는 걸 보았고, 마찬가지로 그는 우리가 성장하는 걸 봤다. 우리는 그가 아내를 맞이하는 것도 보았다. 어느 일요일에, 그가 약혼자 샤를로트를 데리고 왔다. 그녀는 마리갈랑트 출신이 아니라 그랑드테르의 그랑퐁 출신이었다. 통 좁은 퍼프소매가 달린 검붉은 원피스를 입고 온 샤를로트는 세라팽만큼이나 배도 나오고 엉덩이도 투실한 게 그와 잘 어울렸다. 그녀가 식탁 맞은편에 앉아 있는 상드리노의 그 어떤 것도 놓치는 법 없는 눈길에 잔뜩 주눅이 든데다, 나의 부모의 태도에도 겁을 잔뜩 집어먹었다는 게 확연했다. 조금이라도 문법 실수를 저지를까 두려운 나머지 식사시간 내내 입을 닫고 앉아 있었다. 아델리아가 무척이나 자랑스러워하는 절인 풍접초 꽃봉오리 소스를 곁들인 소 혀 요리를 두번째로 권하자, 샤를로트는 체념했는지 알아들을 수 없는 말을 몇 마디 중얼거렸다. 토론에 토론을 거듭한 끝에 식구들이 마침내 그녀가 뭐라고 중얼거렸는지에 대해 결론을 내렸다.

"그걸로 충분해요."

하기 싫은 온갖 일은 내 차지였기에, 나의 부모가 세라팽과 샤를로트의 결혼식에 끌고 간 사람은 나였다. 혼배성사는 소위 아새니스망*이라고 불리는 동네의 생쥘성당에서 거행됐다. 나는 빅투아르광장 너머 더 멀리까지 나가본 적이 거의 없었고, 기분전환을 위해 사르셀로 갈 때는 자동차를 타고서만 바타블수로를 건넜다. 따라서 내가 서민 동네로 들어간 건 그때가 두번째였다. 당시 아새니스망은 기묘한 모자이크 같았다. 페인트칠도 되어 있지 않고 가끔은 자갈바닥에 그냥 지어 올린 누추한 목재 가옥들이 잔뜩 있는가 하면, 거대한 공사장이 있어서, 장차 그곳에 그랜드호텔, 과들루프은행 건물, 병원 등 현대적 건물들이 올라가리라는 기대가 있었다. 목재로 지어진 전면은 악천후에 시달려 빛이 바랬고 지붕은 배 밑바닥처럼 생긴 생쥘성당이 내게는 경이로워 보였다. 주변에 둘러선 누옥들에도 불구하고, 그 성당은 진실하고 꾸밈없는 신앙의 장소로 보였다. 그 안은 백합, 월하향, 치자나무 꽃 등 싱싱한 꽃들로 넘쳐흘렀고, 첨두형으로 낸 높은 덧창으로는 온통 빛이 쏟아져들어왔다. 세라팽과 샤를로트

---

* Assainissement. 배수를 의미하는 프랑스어로, 배수와 하수 처리를 위해 건설한 바타블수로 때문에 붙은 이름.

의 가족, 각각 도합 오십여 명의 구성원을 거느린 두 일가가 우스꽝스럽게 한껏 차려입고 있었다. 하지만 난 그 태피터 천들과 레이스들에 대해 웃고 싶은 마음이 전혀 없었다. 정반대였다! 백색 바셀린과 뜨거운 고데기를 이용해 머리를 구불거리게 만들고 번쩍거리는 새틴 천으로 만든 원피스를 입고 에나멜 하이힐을 신고, 아르타반*처럼 잘난 척하는 내 또래 여자애들에 대해 마음 깊은 곳에서 공감이 우러났다. 나도 그 여자애들 틈에 낄 수 있었으면 좋았을 텐데. 결혼식이 끝나자마자 하객들을 그랑퐁으로 데려다줄 전세버스에 올라탈 수 있었으면 좋았을 텐데. 나는 가르강튀아풍의 연회를 상상했다. 순대, 염소고기 콜롱보 요리, 낙지, 여왕수정고둥, 흘러넘치는 럼주, 웃음, 광란의 민속춤곡을 연주하는 악단. 그에 비하면 내가 알고 있던 여흥거리는 전부 다 무미건조하게 느껴졌다. 결혼하고 얼마 지나지 않아 세라팽과 샤를로트는 모습을 감췄다. 세라팽이 라푸앵트에서 아주 먼, 그랑드테르 북쪽 지역으로 발령이 났다고 어머니가 알려줬다. 지명이 앙스베르트랑이라나 프티카날이라나. 몇 년 동안 어머니는 그들이 보내온 사진을 수없이 받았고, 그 사진들에 날짜를 적

---

* 17세기 중엽에 고티에 드라칼프르네드가 쓴 대하소설 『클레오파트라』에 등장하는 인물로, 자부심이 강하고 오만한 인물이다.

어 앨범에 정리해뒀다. 두 사람이 낳은 자녀들, 차례차례 쉼없이
태어난 남자아이들 사진들도. 처음에는 발가벗겨서 엎어놓은 그
남자아기들 모습을 보며 놀라워했다. 그다음에는, 선원복을 입
고 기둥처럼 튼튼한 두 다리로 버티고 선 그 아이들 모습에 놀라
워했다. 우리가 기분전환할 겸 사르셀로 가서 7월 한 달을 보내
려던 참에, 편지 한 통이 도착하여 세라팽이 생트마리우체국의
국장이 됐음을 알려왔다. 어머니는 이걸 희소식으로 받아들였
다. 생트마리는 사르셀에서 고작 15킬로미터 정도 떨어진 곳에
있었다. 당시 과들루프에서는 예고 없이 방문하곤 했다. 가깝든
혹은 덜 가깝든 간에, 친척이거나 내밀한 사이거나 아는 사이일
경우, 아무런 예고 없이 찾아왔고 웃음 띤 얼굴로 맞아주기를 기
대했다. 기적적으로, 늘 그리되었다. 그래서 어머니는 어느 일요
일, 미사를 보고 나서 세라팽과 샤를로트를 갑자기 찾아가는 걸
너무나 당연하다고 생각했다. 뿌리채소들과 과수원에서 키운 과
일들, 부르봉섬산^産 오렌지, 열대 바나나, 벌려지 열매로 채운 바
구니들을 시트로엥에 실었다. 우리집에서 온갖 일을 다 담당하
는 카르멜리앵이 운전대를 잡았다. 아버지가 검은 동자를 푸르
스름하게 바꾸어놓는 백내장으로 고생하고 있어서, 운전을 하지
않겠다고 거절했기 때문이다. 바닷가를 따라 몇 킬로미터에 걸
쳐 이어지는 도로를 주파하려면 한 시간 이상이 필요했다. 도로

는 제멋대로여서 마구 굽이쳤다. 겁이 많은 어머니가 속도계 바늘을 열심히 감시했다. 1493년에 크리스토퍼 콜럼버스의 범선이 생트마리에 닿지 않았더라면 그곳은 이 나라 지도에서 그다지 중요하지 않은 지점에 불과했을 거다. 그런 사정으로, 우리 발견자의 전신상이 수브니르광장이라고 명명된 작은 광장 중심에 버티고 있었다. 세라팽과 샤를로트는 우체국 뒤편에, 제대로 관리되고 있지 않은 집에 살고 있었다. 자전거들과 온갖 종류의 사용하지 않는 물건들로 데크에는 발 디딜 틈이 없었다. 카르멜리앵이 클랙슨을 울려봐도 소용이 없었고, 어머니가 불러봐도 소용없었으니, 그 누구도 베란다로 나와 보지 않았다. 잠시 뒤, 어머니가 들어가보기로 결심했고, 내가 그 뒤를 따랐는데, 문간에서부터 뭔가 잘못되어가고 있다는 느낌이 들었다. 거실이 상상을 초월하게 더럽고 엉망진창인 상태였다. 진짜 돼지우리라고나 할까. 신음소리와 그 사이사이 격렬한 비명이 침실 한 곳에서 흘러나오고 있었다. 돼지를 잡는 날이 되어 다리가 묶인 돼지가 밑에 받친 나무함지 안으로 피를 흘리고 있는 것만 같았다. 불안해진 어머니가 방 뒤에 대고 말을 던졌다.

"누구 있어요?"

마침내, 세라팽이 방 하나에서 나왔다. 백정이 입는 앞치마를 허리에 두르고 수염과 머리카락은 덥수룩하고 얼굴은 부었는데,

그새 몸집이 또 불어 있었다. 어머니를 알아보고는 충격을 받은 것 같았고, 울기 시작했다.

"사촌 잔, 사촌 잔!"

바로 지금 이 순간 샤를로트가 그들의 네번째 아이를 출산하는 중이었다. 일요일이라서 산파를 구할 수가 없었다. 샤를로트는 피를 콸콸 쏟았고, 기진해서 더는 힘을 쓸 수 없는 상태였다. 하녀의 도움을 받아가며 세라펭이 무척 애를 썼지만 아무런 소용이 없었다. 내가 어머니는 침착함을 잃는 법이 없다고 이미 말하지 않았던가. 어머니는 주저 없이, 핸드백을 내려놓고 챙 넓은 모자를 벗고 세라펭을 방으로 데리고 들어갔다. 나는 거실에 남아서 머뭇거리며 이제 나는 뭘 해야 하나를 생각했다. 낡은 서가의 선반에 책들이 꽤 꽂혀 있었다. 그런데 이런 상황에서 자리에 앉아 책을 읽어도 되는 건가? 그때 웃음소리와 숨죽인 속삭임이 들려왔다. 다른 방문을 열어봤다. 기니그라스 풀포기보다 더 웃자라지 않았고 더 퍼지지도 않은 아이 셋이 침대 위에 올라가 있었고, 벽에 내놓은 일종의 창 앞에서 서로 밀어대면서 자지러지게 웃어댔다. 나를 보자 아이들이 사방으로 달아났다. 나는 가까이 다가갔다. 그애들을 흉내내어 이번에는 내가 창에다가 바싹 코를 갖다댔다.

눈이 가려진 채 살았던 내가, 생리든 달거리든 간에 어머니에게서 그 어떤 것에 대해서도 들어보지 못했던 내가, 아이들이 분홍색 혹은 하늘색 윗도리를 입고 양배추에서 나오는 게 아니라는 걸 알아내기까지 이블리즈의 조잘거림에 의지해야만 했던 내가, 직접 두 눈으로 클로즈업된 진짜 출산을 보았다. 구역질을 일으키는 냄새가 내 콧구멍을 때렸다. 풍선처럼 거대한 샤를로트가 침대에 사지를 늘어뜨리고 누워 있었다. 벌어진 중심에서 수도관처럼 피가 뿜어져나오고 있었다. 입에서 계속해서 흘러나오던 "지쳤어! 지쳤어!"라는 신음소리는, 사람을 얼어붙게 만드는 울부짖음으로 규칙적으로 끊겼다. 하녀 역시 백정의 앞치마를 두르고 침대 주위를 뛰어다니면서 흐느끼고 두 손을 비틀어댔다. 어머니가 수건을 몸에 두르더니, 사람들을 양옆으로 밀치면서 권위 있게 소리쳤다.

"이제 힘을 주는 거야!"

어머니가 크레올어로 말하는 걸 그때 처음 들어봤다. 구역질나는 냄새에도 불구하고, 그 피칠갑인 광경에도 불구하고, 완전히 홀려버린 나는 그 창에서 떨어질 수가 없었다. 출산 장면의 부스러기라도 누릴 생각으로 다시 돌아온 아이 셋과 자리를 놓고 다퉜다. 이제 샤를로트는 쉬지 않고 울부짖었다. 아이의 머리가 살짝 보인다. 이제 머리가 빠져나오는 게 보인다. 태지와 분변물로 끈적거리고 벌레 같기도 한 아기의 몸 전체가 보인다. 아기의 날카로운 첫 울음소리가 들려오는 동안 세라팽이 감정을 주체하지 못하고 기뻐 외쳤다.

"딸이로구나! 오, 하느님, 고맙습니다!"

그때, 더는 그 장면을 버티지 못한 내가 스르르 정신을 놓았다. 아이들은 병에 담긴 물을 내 얼굴에 가차없이 쏟아부어 내 정신을 돌려놓았다. 다시 질서가 잡혀, 아기는 요람에 눕히고 산모는 비단잠옷으로 갈아입힌 뒤, 어머니와 나 우리 둘이 다시 얼굴을 맞대자 어머니가 한숨을 내쉬었다.

"무슨 이런 방문이 다 있다니! 가여운 것, 넌 그동안 뭘 했니?"

난 거기 굴러다니던 소설을 한 권 읽었노라고 주장했다. 어머니가 내 말에 속지 않았다고 확신한다. 난 그때까지도 충격받은 표정에, 목소리에는 기운도 없고, 두 다리는 후들거렸다. 어머니는 빠르게 대화 주제를 바꿔서, 세라팽과 샤를로트가 살림을 꾸려가는 방식에 대해 비난하기 시작했다. 이렇게 더러운 꼴을 본 적이 있었나? 정말이지 몇 년 동안 두 사람이 어머니에게 보여줬던 모범 사례는 아무짝에도 도움이 되지 않았다. 내가 이 사건을 상드리노에게 이야기하자, 그는 그 자리에 없었던 것에 대해 극도로 속상해했다. 대번에 어린 여동생이 그를 앞질렀으니까. 나는 그가 가지려면 아직 한참 먼 경험을 잔뜩 갖게 됐다.

그날 태어난 아기는 마리즈라는 이름을 받았다. 내가 대모로 뽑혔다.

등굣길

열세 살이었을 거다. 또 '본국'에 머무르기. 전쟁이 끝난 뒤로 세번째였던가, 네번째였던가. 내게는 파리가 세계의 수도라는 말이 점점 더 설득력을 잃어갔다. 라푸앵트에서의 나의 생활이 오선지처럼 정해져 있긴 했지만, 뱃도랑의 푸르른 바다와 하늘의 쪽빛을 향해 열려 있는 그곳이 그리웠다. 이블리즈와 고등학교 친구들, 그리고 빅투아르광장의 모래시계 나무들 아래를 거닐던 일이 그리웠다. 기분전환으로 유일하게 허용되었던 산책은 저녁 여섯시까지만 할 수 있었는데, 우리 부모의 의견으로는, 어둠이 깔리면 무슨 일이든 일어날 수 있어서였다. 게걸스레 성을 탐하는 검둥이들이 바타블수로 너머로 진출하여, 좋은 가문의 여자애들에게 접근해 외설스러운 언행으로 무례하게 굴지도 몰랐다. 파리에 머무를 때면, 남자아이들이 내 주변에 세워둔 갖은 장벽에도 불구하고 몰래 내게 전달하는 데 성공했던 연애편지들마저도 그리웠다.

내게 파리는 태양이 없는 도시이자, 무미건조한 벽돌건물 안에 갇힌 생활이자, 지하철과 버스가 뒤엉켜 돌아가는 곳이었으며, 거기 올라탄 사람들은 내 용모에 대해 이러쿵저러쿵 서슴없이 평가해댔다.

"어머, 저 검둥이 계집애 봐, 참 귀엽네!"

나를 화르르 불타오르게 했던 건 '검둥이'라는 단어가 아니었다. 당시에 그 단어는 상용어였다. 그 어조가 문제였다. 놀라움. 나는 놀라움 그 자체였다. 백인들이 역겹고 야만스럽다고 고집스럽게 믿어왔던 인종의 예외적 존재.

그해에 언니 오빠들이 대학에 들어가는 바람에 나는 외동딸 노릇을 하게 됐고, 그로 인해 어머니의 관심이 배가되었기에 그 역할이 나를 몹시 짓눌렀다. 부모가 빌린 아파트는 도핀가에 있었고, 나는 거기에서 몇 걸음 옮기면 나오는 페늘롱고등학교를 다녔다. 유서 깊지만 엄격한 교풍을 자랑하는 그 학교에서, 나는 늘 그랬듯이 건방지게 굴어서 교사 전부와 척을 졌다. 반면에 똑같은 이유로 아이들을 몰고 다녔고, 제법 많은 친구들을 사귀었다. 생제르맹대로, 생미셸대로, 강물이 정체된 것 같은 센강, 예술품 판매상들이 즐비한 보나파르트가, 이렇게 사각형으로 한정된 공간을 무리 지어 쏘다녔다. 우리는 상송 가수 쥘리에트 그레코의 추억이 여전히 떠돌고 있는 타부 지하 클럽 앞에서 걸음을 멈췄다. 윈 서점에서는 책들을 뒤적거렸다. 투르농 카페테라스에 티베트 승려처럼 앉아 있는 육중한 리처드 라이트를 흘끔거렸다. 우리는 그 미국 작가가 쓴 책은 하나도 읽어본 게 없었다. 하지만 상드리노가 그의 정치적 참여활동과 『흑인 소년Black Boy』『미국의 아들Native Son』『피시벨리Fishbelly』 등 그가 쓴 소설들에 대해 말해줬다. 그해의 학기가 그예 끝이 나고 과들루프로 돌아갈 날짜가 다가오고 말았다. 어머니는 살 수 있는 모든 것을 사들였다. 녹색 페인트를 칠한 커다란 여행용 철제 트렁크를 차곡차곡 채워나가는 일은 아버지 몫이었다. 페늘롱고등학교에서는 야유라든가 게으름은 찾아볼 수 없는 행태였다. 하지만 교과과정이 다 완결되었기에 교실에는 경쾌함, 나아가 즐거움의 기운이 감돌았다. 어느 날, 국어 교사가 제안을 하나 했다.

"마리즈, 본인 나라의 책을 한 권 골라 발표를 해주세요."

르마르샹 씨는 유일하게 나와 제법 잘 통하는 교사였다. 18세기 철학자들에 관한 자신의 강의가 특별히 나를 염두에 두고 하는 것임을 암시한 적이 한두 번이 아니었다. 그 교사는 공산주의자였고, 우리는 공산당 기관지 『뤼마니테L'Humanité』의 첫 페이지에 그녀의 사진이 실린 걸 돌려봤더랬다. 우리는 여기저기서 들려오는 공산주의이데올로기에 정확하게 무슨 내용이 담겼는 지는 알지 못했다. 하지만 그 교사가, 우리 눈에 페늘롱고등학교 가 구현하는 걸로 보이는 부르주아의 가치들과 완벽하게 대립된 다는 것은 알아차렸다. 우리에게 공산주의와 공산당 기관지『뤼 마니테』는 위험한 유황내를 풍겼다. 르마르샹 씨는 내 고약한 행 동의 원인들을 자신은 이해하고 있다고 착각하여, 내게 그 원인 들을 잘 검토해보라고 권했다. 그녀가 내 나라에 대한 이야기를 해보라고 권유하면서, 그저 학생들의 무료함을 달래주고 싶었던 건 아니었다. 그녀의 의견을 따르자면, 내 가슴을 묵직하게 짓누 르고 있는 것으로부터 스스로 벗어날 기회를 제공하려는 거였 다. 선의로 시작된 그러한 제안이 오히려 나를 혼돈의 구렁으로 빠트렸다. 당시는 고작 50년대 초였음을 다시 떠올려보자. 앤틸 리스제도의 문학이 아직 꽃피지 않았을 때였다. 파트리크 샤무 아조*는 어머니의 뱃속에서 아직 형태도 갖추지 못한 채 잠을 자 고 있었고, 나 자신은 에메 세제르**라는 이름을 말하는 걸 들어 본 적조차 없었다. 내 나라의 어떤 작가에 대해 말할 수 있을까?

---

* Patrick Chamoiseau(1953~). 마르티니크 출신의 소설가.

** Aimé Césaire(1913~2008). 프랑스 식민지의 해방운동에 앞장선 작가로, '네 그리튀드의 아버지'로 불리는 마르티니크 출신의 작가.

나는 늘 의지하는 상드리노를 향해 달려갔다.

그는, 상드리노는, 엄청나게 변해버렸다. 그를 앗아가게 될 종양이 눈치채지 못한 사이에 그를 고약하게 파먹어들어가고 있었다. 그를 가르치는 교사들마다 그를 포기해버렸다. 그는 앙시엔코메디가의 승강기도 없는 구층 건물의 가구 딸린 초라한 셋방에서 극도의 고독에 잠긴 채 살고 있었다. 아버지가 그를 법대의 대형 강의실로 다시 데려다놓으리라는 희망을 품고서 생활비를 끊어버려서였다. 그는 어머니가 몰래 보내주는 돈으로 힘겹게 버텨나갔고, 살이 내리고 숨이 차고 기운이 없는 가운데도 털털거리는 타자기를 세 손가락으로 두들겨대면서 원고를 써냈고, 편집자들은 어김없이 틀에 박힌 문구와 함께 그 원고들을 돌려보냈다.

"그자들은 진실을 말하지 않아." 상드리노가 분개했다. "그들이 두려움을 느끼는 건 바로 내 사상 때문이지."

상드리노도 물론 공산주의자였다. 커다란 콧수염을 기른 이오시프 스탈린의 사진이 벽을 장식하고 있었다. 그는 사회주의국가들이 모스크바에서 공동 개최하는 세계청년학생축전까지 갔었고, 크렘린궁전의 돔들, 붉은광장, 레닌의 영묘에 홀딱 반해서 돌아왔다. 그는 예전과 다름없이 내가 자기 소설들을 읽어보게 놔두지 않았고, 그래서 모서리가 접힌 종이파일 뒷면에 적힌 제목을 읽어보려고 애를 썼지만 허사였다. 그는 그런 온갖 일에도 불구하고 나를 위해 예의 그 환한 미소를 되찾으려 노력했고, 오빠답게 다시 든든한 태도를 보여줬다. 우리는 가구 위와 바닥의 먼지 구덩이에 아무렇게나 쌓아놓은 책더미를 뒤졌다. 자크 루맹의 『이슬을 다스리는 자*Gouverneur de la rosée*』. 아이티 작가였다. 이 작가를 다루려면, 토속신앙인 부두교에 대해서 설명해야 하고 나도 모르는 수많은 것들에 대해 말해야 할 텐데. 그의 마지막 친구들 중 한 명이고 역시 아이티 작가인 에드리스 생타망의 『선한 신이 웃는다*Bon Dieu rit*』는 어떨까. 우리가 절망하려는 순간 상드리노가 보물과 맞닥뜨렸다. 조제프 조벨의 『검둥이 판자촌 거리*La Rue Cases-Nègres*』. 이번에는 마르티니크였다. 그런데 마르니티크는 과들루프의 자매 섬이 아니던가. 나는 『검둥이 판자촌 거리』를 들고 돌아와, 소설 주인공인 조제 아상과 함께 처박혔다.

『검둥이 판자촌 거리』를 읽지 않은 사람들도 아마 외잔 팔시가 그 소설을 바탕으로 만든 영화는 봤을 거다. 나의 부모가 그토록 두려워하는 '검둥이 가난뱅이들', 사탕수수 플랜테이션 농장에서 굶주림과 궁핍의 고통 속에서 자라나는 사람들에 관한 이야기다. 그의 어머니가 도시의 토착 백인들 집에서 품팔이를 하는 동안, 그의 할머니 만 틴이 누덕누덕 기운 원피스를 입고서 사탕수수 포기를 묶는 일을 해가며 갖은 희생을 통해 손자 조제 아상을 키워낸다. 그에게 유일한 탈출구는 교육이다. 다행스럽게도 그는 영리하다. 학교에서 공부를 잘하여 이제 프티부르주아가 되려는 바로 그 참에, 하필 할머니가 죽음을 맞이한다. 내 의견으로는 조벨이 쓴 소설 중에 가장 아름다운 대목인, 그 소설의 결말 부분을 읽다가 뜨거운 눈물을 쏟았다.

"하얀 시트 위에서 내 눈에 띈 건 바로 할머니의 두 손이었다. 거무튀튀하고 부어 있는데다, 딱딱하며 주름진 곳마다 갈라져 있고, 그렇게 갈라진 곳마다 절대 빠지지 않을 흙이 밴 그 두 손. 때가 덕지덕지 앉았고 마구 휜 손가락들. 나막신보다도 더 두툼하고 더 딱딱하며 형체를 알아볼 수 없는 손톱들로 더 두드러져 보이는 닳은 손가락끝……"

내게는 이 이야기 전체가 특히나 이국적이었고 비현실적이었다. 노예제와 노예 매매, 식민지 억압과 인간에 의한 인간 착취, 가끔 상드리노가 들려줬던 경우를 제외하면 그 누구도 내게 말해준 적이 없었던 피부색에 얽힌 편견들의 무게가 대번에 내 두 어깨 위로 내려앉았다. 백인은 흑인과 어울리는 법이 없다는 걸 물론 알고 있었다. 하지만 그 원인을, 내 부모와 마찬가지로, 그들의 어리석음과 측정할 길 없는 맹목성으로 돌렸더랬다. 그런 점에서 외할머니 엘로디도, 우리와 두 줄 떨어진 기도석에 앉아서 절대 우리 쪽으로 고개를 돌리는 법이 없는 토착 백인들과 비슷한 사람이었다. 그들에게 안된 일이지, 뭐! 왜냐하면 그들은 나의 어머니, 그 세대의 성공 사례인 어머니 같은 사람과 교류하는 행복을 포기한 거니까. 나는 어찌해도 플랜테이션 농장의 음울한 세계를 파악할 수 없었다. 내가 농촌세계를 만날 수 있었을 유일한 순간들은 사르셀에서 지내는 방학으로 한정되어 있었다. 나의 부모는 당시에는 조용했던 바스테르의 그쪽 지역에 별장과 제법 풍광이 아름다운 토지를 소유하고 있었고, 토지 한가운데로는 그 지역을 사르셀이라고 부른 원인이 된 같은 이름의 강이 흘렀다. 그곳에서는, 그 특유의 새침한 태도로 정성스럽게 편 머리카락을 머리그물로 감싸고 금목걸이를 목에 건 어머니를 제외하면, 모두가 촌사람으로 살았다. 수도가 없었기 때문에 우리는 저수지 옆에서 발가벗고 나뭇잎으로 몸을 문질렀다. 용변은 도자기 요강에 해결했다. 저녁이면 등유 램프로 불을 밝혔다. 아버지는 카키색 군복 천으로 만든 바지와 윗도리를 입었고, 머리에는 바쿠아 나뭇잎으로 만든 전통 모자를 쓰고 칼을 찼는데, 이 칼은 기니그라스를 베는 데 말고는 쓰는 일이 거의 없었다. 발가락 사이로 공기를 쐬고 헌옷을 입고 더럽히거나 찢어도 된다는 행복감에 취한 우리, 아이들은 검은 코코프럼 열매와 분홍색 구아버를 찾아서 사바나를 내달렸다. 푸르른 사탕수수밭

이 우리를 부르는 듯했다. 가끔, 도시 아이들 같은 우리의 모습과 우리가 사용하는 프랑스어에 겁을 먹은 농부가 우리에게 공손하게 붉은단추생강을 내밀었고, 우리는 그 보랏빛 도는 껍질을 물어뜯었다.

하지만 그런 고백을 하는 게 겁이 났다. 나와 조제를 갈라놓고 있는 우리 사이의 깊은 구렁을 밝히는 게 겁이 났다. 그 공산주의자 교사의 눈에, 그리고 반 아이들 전체의 눈에 진정한 앤틸리스제도, 그것은 내가 모르는 앤틸리스였고, 그게 나의 죄였다. 정체성이란 게, 마치 어울리든 말든, 좋든 싫든 둘러써야 하는 옷 같다는 생각이 들자, 반발심이 치밀기 시작했다. 그러다가 결국 압력에 굴복해 내게 주어진 기묘한 옷을 걸치고 말았다.

몇 주 뒤 내 입술을 뚫어져라 바라보는 반 아이들 앞에서 멋진 발표를 했다. 며칠 전부터 배고픔으로 꼬르륵거리던 내 배가 부풀어올랐다. 두 다리는 활처럼 굽었다. 코는 콧물로 가득찼다. 몽글몽글 뭉친 내 머리 타래는 강렬한 햇볕을 받아서 적갈색을 띠었다. 나는 주인공 조제에게 있었을 법한 여동생 혹은 사촌, 조젤리타가 되었다. 내가 타인의 삶을 먹어치운 건 그때가 처음이었다. 난 곧 그런 일에 재미를 붙이게 되리라.

이제 와서 그런 모든 정황을 고려해보니, 훗날 살짝 거창하게 '나의 정치적 참여'라고 부르던 게 바로 이 순간으로부터, 억지로 그 가여운 조제와 나를 동일시한 경험으로부터 생겨났다고 여겨진다. 그 어떤 이론적 담론들보다도 조제프 조벨의 소설을 읽고서 눈이 열렸다. 내가 속한 계층은 눈 씻고 찾아봐도 내놓을 만한 게 하나도 없다는 것을 깨달았고, 나는 내가 속한 계층을 적대하기 시작했다. 그 계층에 속했기 때문에, 나는 풍미도 향기도 없는 존재가 되었고 내가 이웃해 지냈던 프랑스 어린이들의 형편없는 모사품이 되었다.

나는 '검은 피부, 하얀 가면'이었으니, 프란츠 파농이 내놓을 글은 바로 나를 위한 거였다.*

---

* 프란츠 파농(Frantz Fanon, 1925~1961)이 『검은 피부, 하얀 가면』을 출간한 1952년에 콩데는 15세였다.

산에서 보낸 휴가

그해 어머니의 관절염이 심해져서 나의 부모는 사르셀을 외면하고 휴가지로 구르베이르를 택했다. 돌레레뱅의 온천수가 관절염에 아주 좋다고들 해서였다. 나는 그 계획에 열렬히 찬동했는데, 뭐니 뭐니 해도 사르셀은 이제 너무 익숙해져버린 것이다. 그곳의 구석구석을, 거머리들이 우글대는 강의 지류를, 구아버와 코코프럼 나무들이 즐비한 저 안쪽 지역을, 필망고, 아멜리망고, 쥘리망고, 베프망고, 애플망고, 접붙인 망고 등 망고나무에 매달린 망고들 맛을 품종별로 속속들이 꿰게 되었다. 어렸을 때, 상드리노를 제외하면 내 놀이 친구는 어머니 없이 자라는 경비원네 애들 셋이었다. 이제는 우리 모두 다 컸고, 나는 어떻게 노는 건지도 잊어버렸다.

구르베이르는 바스테르의 남쪽에 있다. 라푸앵트에서 기껏해야 60 내지 70킬로미터 떨어진 거리인데도, 그곳까지 가는 데 하루종일 걸렸던 걸로 기억한다. 어머니는 새벽 미사에서 돌아오는 길로 나를 깨웠고, 자동차에 바구니, 가방, 트렁크를 잔뜩 싣고서 동트기 전에 길을 떠났다. 진짜 이사였다! 리비에르살레를 지나면 처음에는 길이 단조로웠다. 쾌적하고 평탄한 길. 하늘을 배경으로 푸르른 구릉들이 늘어선 지평선. 잔잔한 강 위로 가로지른 현수교들. 귀를 쫑긋 세우고 깡총거리는 어린 염소들. 자동차들이 지나가면 구슬프게 음매거리는 혹부리소들. 당시만 해도 벨로라는 이름으로 불리기 전이었던 카페스테르로 들어가는 어귀에서, 마리암만 여신을 모시는 알록달록한 힌두사원의 엉뚱함에, 졸고 있던 나는 잠이 확 달아났다. 과들루프에 저런 것도 있었나?

그 어름서부터 풍경이 바뀌기 시작했다. 낮은 구릉들의 배가 둥글게 부풀어올랐다. 사탕수수밭 대신, 반질거리는 기다란 이파리가 돋아난 바나나나무들이 언덕 위에 층층이 늘어서 있었다. 폭포에서 떨어져내리는 물이 도로 갓길을 적셨다. 대기는 선선했다. 한 굽이 도니, 푸른 바다 위에 둥글게 앉아 있는 테르드오와 테르드바 등 생트섬들의 파노라마에 부딪혔다. 나는 눈을 활짝 뜨고 바라봤고, 내가 지상낙원의 한 귀퉁이에서 태어났다는 것을 나도 모르는 새 본능적으로 깨달았다. 나의 부모가 구르베이르에 빌린 집은 외관이 아주 소박했다. 어머니를 속상하게 한 것, 그것은 집에 페인트칠이 필요한 곳이 한두 군데가 아니라거나, 데크가 너무 좁다거나, 샤워기에 물이 안 나온다거나, 화장실이 마당 구석에 처박힌 불결한 장소라거나, 부엌 수도에서 물이 샌다거나 하는 것이 아니었다. 빌린 집이 가게와 붙어 있는 것이었다. 그 가게는 손바닥보다도 넓지 않아 보였지만 손님으로 북적였고, 특상품 밀가루로 만든 비스킷부터 타피오카 녹말, 대구, 석유, 고무나무 목재, 그리고 특히 그 지역 술고래들의 가장 큰 행복이 되어주는 잔술로 파는 농주에 이르기까지 팔지 않는 품목이 없었다. 다음날 잠에서 깨면서 그 사실을 알아차렸는데, 아침 댓바람부터 거나하게 취한 손님이 계산원과 말다툼을 벌여댔다. 결국 평범한 사건이었다. 전 세상에 걸쳐 존재하는 수많은 휴양객들과 비슷하게 나의 부모도 엉터리 광고에 속았던 거였다. 광고에서 자랑하는 "탁 트인 전망"은 벽으로 막혀 있었고 "해변에서 오 분 거리"는 걸어서 십오 분임이 드러났다. 두 사람이 엄청난 착오를 저질렀음을 뼈저리게 느꼈다면, 그건 식료품가게와 딱 붙어 있는 네 칸짜리 누추한 좁은 집에 맞닥뜨리고 나서, 자신들의 사회적 지위가 떨어졌다고 느꼈기 때문이었다. 남 보기에 두 사람은 그들이 그토록 두려워하던 검둥이 가난뱅이 처지로 떨어지고 만 것이다. 당시의 경직된 사회지리학에 따르자면, 트루아리비에르, 구르베이르, 바스테르 지역은 흑백 혼혈들의 차지였다. 생클로드와 마투바는 주도권을 놓고 인도인들과 다투고 있는 토착 백인들의 봉토였다. 나의 부모로 말하자면, 그랑드테르가 자신들의 자리였다. 흑인들이 커나가고 다른 모든 분야와 마찬가지로 정치에서도 중요하게 부상했던 곳이 바로 그곳이었다. 너무 어렸기에, 나로서는 사람들이 우리가 왔던 곳으로 되돌아가야 한다는 걸 똑 부러지게 깨우쳐주려고 했는지 어쩐지에 대해서는 모르겠다. 내가 아는 것, 그건 우리가 무시당했다는 거다. 나의 부모가 시트로엥 4기통을 굴려봤자였다. 어머니가 예쁜 목걸이를 목에 채워봤자였고, 아버지가 라푸앵트에서는 효과 만점이었던 레지옹도뇌르 약장을 가슴에 달고 으스대봤자였다. 아무도 우리에게 관심을 기울이지 않았다. 파라솔 밑에서 모두가 서로 악수를 나누고, 포옹으로 인사하고, 일요일 미사가 끝나고 나오면서는 성당 앞 광장에서 수다를 떨었다. 우린, 인사를 받지도 하지도 못하고 사람들 사이로 빠져나왔다. 어두워지면 나의 부모는 자신들에게 절대 열리는 법 없는 우아한 저택들에 둘러친 철책을 따라서 산책하다가 집으로 돌아왔고, 그러고는 모기들이 봐주는 한 임대한 빌라의 형편없는 데크에 나와 앉아 있었다. 두 사람은 시트로넬라차를 마신 뒤 아홉시에 잠

144

자리에 들었다. 아버지가 철학자처럼 이 상황을 바라봤다면, 그에 반해 어머니는 극심한 박탈감에 시달리며 집주인 뒤리멜 씨를 비난했다. 그 여자는 꼬박꼬박, 우리가 한창 점심을 먹을 시간에 자신이 받았던 편지에 맞먹는 화끈한 답장을 심부름꾼 남자애 손에 들려 보냈다. 이런 식의 서신교환이 거기 머무르는 내내 계속됐다. 이 주 뒤, 뒤리멜 씨는 몇 군데 수리해주마고 했다. 하지만 끈질기게 말을 듣지 않는 샤워기는 꼭지에 물방울이라도 방울지며 맺히기는커녕 먹통이었고, 우리는 마당에서 양동이와 세숫대야 등을 이용해서 그럭저럭 몸을 씻었다. 상황이 좀더 극적인 양상을 띠게 된 건, 세간과 함께 빌렸던 하녀 마리넬라가 아버지의 셔츠 가슴팍에 뜨겁게 달아오른 다리미를 올려놨을 때였다. 어머니가 보수에서 깎겠다고 결정하자 마리넬라가 앞치마를 벗어 어머니에게 던지고 나가더니, 우리가 한창 식사중일 때 뒤리멜 씨를 달고 돌아와서는 어머니에게 욕설을 퍼부었다. 상상할 수도 없는 일이었다. 라푸앵트에서는 모두가 어머니 앞에서 굽신거렸는데.

난, 구르베이르가 좋았다. 어쨌든 여기서 난 이름 없는 애였다. 아무도 날 알아보지 못했고, 아무도 나한테 관심이 없었다. 그리고 싶은 생각만 있다면야 신발을 벗어던지고 맨발로 거리를 뛰어다닐 수도 있었으리라. 일주일에 세 번, 아버지가 『몬테 크

리스토 백작』을 다시 읽느라고 집에 남아 있는 동안, 어머니는
온천수에 몸을 담그려고 돌레레뱅으로 올라갔고, 그 길에 나를
달고 갔다. 고역이 될 뻔했던 이 일이 큰 기쁨이 되었다. 잠자는
숲속의 공주가 사는 성이 나올 것만 같은 곳에, 최근에 폐쇄된
그랜드호텔이 둥지를 틀고 있었다. 그 건물은 녹색으로 칠한 커
다란 목재 가건물로, 두 개의 발코니에 둘러싸여 있었다. 한번은
몰래 호텔 안으로 들어가봤는데, 반투명거울들, 가장자리 올이
풀려나간 양탄자들, 좀벌레가 반쯤 파먹어들어간 옻나무로 만든
육중한 가구들이 눈에 띄었다. 나는 멀찌감치 떨어져서 어머니
를 따라갔고, 이끼가 풍기는 은은한 냄새를 맡으며 착생식물에
잠식당한 나무들이 그늘을 드리운 길을 따라 걷다보면, '사랑의
욕조'라는 시적 이름이 붙은 온천에 도착했다. 어머니가 두 다리
를 온천수에 담그려고 조심스럽게 들어가면, 나는 뒤돌아나와
밀크트리와 실크트리에서 뻗어나온 나뭇가지들이 만들어놓은
둥근 천장 아래로 자꾸자꾸 걸어들어갔다. 두 발이 둥근 아치나
구부러진 손잡이처럼 솟아오른 뿌리들에 걸리곤 했다. 나는 이
끼와 고사리 양탄자 위에서 잠이 들었다가, 엄청난 불안에 사로
잡힌 어머니가 사방에 대고 내 이름을 외쳐댈 때, 소스라쳐 잠에
서 깼다. 어쩌다가 이웃에 사는 쌍둥이 남매, 장과 자네트와 친
하게 됐는지 이젠 기억에 없다. 그애들의 단층집은 초라하기 짝

이 없었고, 그들의 아버지는 구르베이르, 바스테르, 생클로드를 오가는 화물트럭 운전사로, 용병처럼 욕질을 해대며 트럭을 몰았다. 따라서 나의 부모는 이 우정에 그다지 호의적이지 않았다. 하지만 이곳에서 나는 외톨이였던 터라, 두 사람은 내가 그들과 어울리는 것을 막지 못했다. 하지만 수프리에르화산 쪽으로 들어가거나 산악 호수로 가는 길인 트라스데제탕으로 들어서는 건 금지했고, 나는 그 일로 미칠 듯이 화를 냈다. 내 삶을 통제하려는 그들의 방식이 점점 더 견딜 수 없었다. 두 사람은 내 성질을 가라앉히려고, 쌍둥이를 따라서 교구에서 주관하는 오후 문학회에 가는 건 허락했다.

프로그램이 그렇게 흥미진진하지는 않았다. 에마뉘엘플라비아 레오폴과 발랑틴 코르뱅이라는 시인이 쓴 시 가운데, 돌레레뱅을 노래한 시 몇 편 낭송. 몰리에르의 〈상상병 환자Malade imaginaire〉 중 한두 장면. 하지만 입안 가득 두쿤케이크를 먹으며, 장과 자네트 사이에 앉아 있는 나는 하늘에 오를 듯 기분이 좋았다. 강당은 만석이었다. 아버지, 어머니, 형제, 자매, 이모, 삼촌 등이 잔뜩 차려입고서 앞다퉈 자기 집안 어린이의 재능에 박수를 보냈다. 공연을 기다리면서 청중은 목청껏 깔깔 웃고, 서로 떠들면서 농담을 나눴다. 드디어 막이 올랐다. 초등학교에서 우리 모두 외웠던 달콤한 시구들이 들려왔다.

난 바람과 사랑을 나누는 섬에서 태어났어

그곳에선 설탕과 사탕수수 향이 대기에 감도네……

동시에, 시끄러움과 즐거움. 이와는 대조적으로, 나의 부모에게 결여된 게 무언지 알 것 같았다. 이 여자들, 풍성한 머리카락을 공들여 손질한 이 흑백 혼혈 여자들이 피부색은 더 연하지만, 나의 어머니보다 더 아름답지는 않았다. 웃을 때 드러나는 그들의 이가 진줏빛으로 더 빛나지도 않았다. 피부 역시 더 보드랍지 않았다. 옷을 더 잘 입지도 못했다. 그들이 걸고 찬 보석들도 더 묵직하거나 더 정교하게 세공되지 못했다. 이 남자들, 이 흑백 혼혈 남자들도 나의 아버지보다 더 돋보이지 않았다. 하지만 그들은 우리 부모에게 늘 부족한 듯한 뭔가를 갖고 있었다. 나의 부모는 자연스러웠던 적이 없었다. 두 사람은 항상 마음속에 웅크리고 있는 뭔가를 억제하고 통제하려고 애쓰는 듯했다. 언제라도 그들에게서 빠져나가 끔찍한 피해를 입힐지도 모르는 그 뭔가를. 그게 뭘까? 그 의미를 여전히 잘 이해할 수 없는, 상드리노의 말이 떠올랐다.

"엄마 아빠 둘 다 소외된 사람들이야."

내가 문제의 핵심에 닿았음을 느꼈다.

구르베이르에서 육 주 내내 머물렀고, 그 기간은 온천요법의 육 주였다. 라푸앵트로 돌아오자 어머니는 기억의 저 안쪽에 이 추억을 묻어버렸고, 그 일에 대해서는 한숨, 몸짓, 고갯짓 정도로만 의견을 드러냈다. 반대로 내게 그건 이야기의 원천으로서, 내가 거기서 길어올려 들려주는 갈수록 기이한 이야기들로 이블리즈는 귀가 아플 지경이었다.

우리에게 자유를?

　나의 부모는 내가 열여섯 살을 맞이하자 자전거를 선물로 줬
다. 모토베칸 제품으로, 몸체는 푸른색이고 흙받기는 은색인 예
쁜 자전거였고, 난 날아갈 듯 기뻤다.

　돌레레뱅에서 휴가를 보낸 덕분에 난생처음 나를 가두고 있던
새장을 열어젖히고 싶다는 욕구가 생겼다. 또한 내 나라에 대해
서 아는 게 없음을 깨달았다. 라푸앵트에 대해서도 한정된 지역
만 알고 있을 뿐임을 깨달았다. 내가 점점 더 말을 듣지 않자, 나
의 부모는 약간의 바람 정도는 쐬도록 허락해야 한다는 걸 알았
다. 일흔여덟이 된 아버지는 시력을 잃은 거나 다름없었다. 집안
에 머무를 때야 자신을 이끌어주는 보이지 않는 실이라도 있는
것처럼 움직였지만, 일단 밖에 나갔다 하면 모든 것이 흐릿했다.

아버지는 길을 건너는 것도, 갈 길을 찾아가는 것도 할 수 없었다. 어머니는 아버지에 대해서는 어떤 인내심도 발휘하지 않았기에, 아버지는 편안한 기분으로 지낼 수 있는 유일한 장소인 사르셀에 파묻혔고, 거기에서 시골뜨기처럼 옷도 갈아입지 않고 씻지도 않고 지냈다. 어머니로 말하자면, 어머니 역시 전과 같지 않았다. 독감 후유증으로 거의 대머리가 되다시피 한 어머니는 어설픈 가발로 이마를 가렸는데, 남아 있는 머리카락이 회백색이니 그 새까만 잉크색이 눈에 확 띄었다. 어머니의 신앙심은 극에 달해 있었고, 일 년이 채 안 되어 맞이하게 될 상드리노의 죽음으로 더 심해지게 될 터였다. 새벽 미사도, 장엄미사도, 독송미사도, 노래미사도, 저녁 예배도, 묵주신공도, 부활절 전주의 조과와 찬송과도, 십자가의길 묵상기도도, 성모의 달 기념 미사도, 단 하나도 빼놓지 않았다. 구일기도와 속죄의 고행과 단식을 하고, 묵주신공을 올리고, 고해를 하고, 영성체를 했다. 어머니는 신앙활동을 하는 시간을 제외하면, 나와 다퉜다. 이래도 그만 저래도 그만인 별거 아닌 일로. 이제는 도대체 무얼 갖고 노상 다퉜는지 기억나지 않는다. 유일하게 생각나는 건 늘 내가 최후의 일격을 가했다는 거다. 혀를 놀려 어머니의 마음을 갈가리 찢어놨고, 어머니는 어김없이 눈물을 쏟고 말았고, 더듬거리며 이렇게 말하곤 했다.

"넌 정말 독사로구나!"

서글퍼라! 내가 십 년간 취해 있던 어린 시절의 황홀한 행복은 사라지고 없었다. 어머니의 눈물은 일상적이고 상투적인 광경이 되어버렸고, 그래서 더는 내 관심을 끌지 못했다. 나의 어린 시절은 은밀하게 부모에게 반항하는 형제자매들이 곁에 있어서 환했더랬다. 나의 청소년기는 삶이 끝난 듯한 색채를 띠었다. 나로서는, 그 기분을 도저히 이해할 수 없는 두 늙은 육신 앞에 홀로 남게 된 것이다. 집안에는 초상집 분위기가 감돌았다. 삼층은 닫아버렸다. 아무도 살지 않기에 문과 창문에 못을 쳐버렸다. 가엾게도 나는 줄줄이 늘어선 텅 빈 방들을 따라 정처 없이 오갔다. 테레즈의 방, 상드리노의 방. 서가에 꽂힌 채 먼지를 뒤집어쓴 책들을 뒤적거렸다. 벽장을 열어보면 그 안에 아직도 낡은 속옷들이 굴러다녔다. 프레임이 푹 꺼진 이 침대 저 침대에 앉아봤다. 잃어버린 사람들을 추억하려고 묘지를 떠도는 사람 같았다. 상드리노가 막 살페트리에르병원에 입원한 참이었다. 어머니는 상드리노의 병이 심각하지 않다고 스스로를 설득했지만, 그 결말이 어떠할지 짐작하고 있었다. 상드리노를 보러 프랑스에 갈 기운이 없었기에 아들이 죽은 셈 쳤다. 테레즈, 그 언니는 복수를 했다. 짤막한 편지를 간간이 보내왔을 뿐이다. 그녀는 아프리카 출신 의대생과 결혼했는데, 남편이 자기 나라에서는 아주 유명한 의사의 아들이었다. 하지만 명성에 무척이나 민감하게 반응하던 나의 부모가 그 결혼은 탐탁해하지 않았다. 우선 유년기부터 두 사람은 테레즈가 하는 일은 다 좋게 보지 않았다. 그리고 아프리카는 너무 멀리, 저쪽 대륙에 속한 곳이었다. 어머니는 배은망덕과 이기주의를 입에 올렸다. 아미나타가 처음 본 손녀인데도, 피아노 위에 아미나타의 사진들을 올려놓는 수고조차 하지 않았다.

열다섯 살 때의 나는 거울에 모습을 비춰보면서 못생겼다는 생각을 했다. 울고 싶을 만큼 못생겼다고. 장대같이 길기만 한 몸에 얹혀 있는 우울하고 속을 알 수 없는 얼굴. 떴나 감았나 싶은 두 눈. 제대로 손질 안 된 숱 적은 머리. 복이 들어오는 이라지만 나로서는 그 매력을 알 길 없는 잇새가 벌어진 이. 유일하게 나를 돋보이게 하는 것, 그건 여드름이 얼씬도 하지 못하는 벨벳 같은 피부였다. 어떤 남자애도 나를 보려고 고개를 돌리는 법이 없어서 슬펐는데, 그즈음부터 내 눈에 근사한 수컷들이 멋있어 보이기 시작했다. 질베르 드리스콜은 머리를 뒤로 빗어 넘기고 겉멋은 잔뜩 들었지만 잘생긴 남자로 바뀌어서, 여자친구들을 뽐내며 동네를 오갔다. 내게 반한 남자애들이 없는 것만큼이나 여자 친구들도 없었으니, 이블리즈가 아버지 일을 돕는다고 학교를 떠나버려서였다. 우리는 더는 서로 오가지 않았고, 어머니는 이블리즈가 남자들을 만나서 곧 애를 밸 거라고 장담하는 둥 막말을 했다. 고등학교에서 나는 그 어느 때보다도 더 건방지게 굴었고, 교사들도 학생들도 나를 무서워했다. 외톨이가 된 나는 독설을 화살촉처럼 갈고 닦아 모두를 향해 마구 날려댔다. 일 년 앞당겨서 2차 대입자격시험을 준비하고 있었기에, 나는 악의와 짝을 이룬 지성의 화신으로 여겨졌다.

일단 모토베칸 자전거를 갖게 되자, 더이상 그 누구도 필요하지 않았다. 내 고약한 평판에 더는 신경쓰지 않았다. 나는 페달을 밟고 또 밟았다. 곧 라푸앵트 바깥까지 나돌아다니게 되었다. 비외부르드모르날로의 반쯤 바닷물에 잠긴 갯벌, 온통 새하얀 두루미들이 서식하는 맹그로브숲을 처음 봤다. 또다른 방향인 바뒤포르 쪽을 향해 달렸다. 놀라워라! 라피에*들이 촘촘히 들어선 해안의 깎아지른 석회암 절벽과 황금빛 모래사장을 여태껏 제대로 본 적이 없었다. 내가 아는 유일한 해변은 비아르 해변으로, 제대로 씻지 않은 발의 발톱처럼 시커먼 화산모래가 음울하게 펼쳐진 곳이었다. 여름휴가 기간이면 서너 번은 그곳에서 하루를 났는데, 어머니는 우스꽝스럽게도 자신의 재봉사 잔 르팡

---

* '카렌'이라고도 하며, 석회암지대의 깊은 구멍 사이에 남아 있는 암석기둥이나 능 모양의 돌출부를 가리킨다.

티르가 만든 맞춤 정장을 갖춰 입었고, 아버지는 아래는 긴 속옷 바지를 입고 상체는 벗어서 점잖지 못하게 허옇게 센 가슴팍 털을 드러냈다. 이 한철을 위해 프티부르에서 고용한 하녀는 돌 네 개를 괴어놓고 불을 피워서 콜롱보를 데웠고, 우리는 아몬드나무 아래에서 식사를 했다. 가끔, 원주민이 주변에서 어슬렁거리며 호기심 어린 눈길로 이 가족화를 곁눈질했다. 두 눈으로 보고도 믿어지지 않을 정도의 풍경에, 작열하는 태양빛에 눈살을 찌푸리면서도, 나는 몇 시간이고 모래사장에 길게 누워 있었다. 끝없이 펼쳐진 푸른 바다에 몸을 담그고 싶었지만 그러지 못했다. 물론 상드리노가 헤엄치는 법을, 살짝 개헤엄 같은 걸 가르쳐준 적은 있었지만, 수영복이 없었다. 그런 종류의 의복은 먼 훗날에야 내 옷장 안에서 보게 됐는데, 예전처럼 프티바토표 팬티 바람으로 바다에 들어가기엔 이미 너무 많이 자라서였다. 바뒤포르를 보고 나서는 좀더 대담해져서 고지에까지 자전거를 타고 달렸다. 이미 버지니아 울프와 그녀가 쓴 『등대로To the Lighthouse』를 알고 있을 때였다. 이제 이야기를 만들어내지는 않는 대신, 내 손에 들어온 글들을 가리지 않고 몽땅 탐욕스럽게 읽어치웠다. 그런 만큼, 해안에서 몇 해리 떨어져 오도카니 자리한 섬을 유심히 바라봤다. 나는 그 섬을 몽상과 욕망이 교차하는 문학적 대상으로 탈바꿈시켰다. 한번은, 당시에는 관광 붐이 일기 전이라 평화로운 마을이던 생탄까지 기를 쓰고 갔다. 바닷가에 털썩 주저앉았다. 옆에서는 어부들이 흔치 않은 내 모습 따위는 신경도 쓰지 않고, 책상다리를 하고 앉아서 농담을 주고받으며 그물을 깁고 있었다. 생선장수들은 일렬로 진열해놓은 싱싱한 농어들을 단골에게 권했다. 역청처럼 새까만 아이들은 발가벗고 멱을 감았다. 난 입을 벌린 채로 잠이 들었다가 밤의 냉기를 맞고서야 눈을 떴다. 해변은 텅 비어 주위에 아무도 없었고, 밀물 때였다.

평소에는 밤이 되기 전에 라푸앵트로 돌아가려고 애를 썼다. 음험한 어둠이 날 덮치도록 그냥 있었던 건 그때가 처음이었다. 겁이 났다. 온통 구불구불한 도로가. 갑자기 마녀처럼 바뀌어버린 집들의 형체가, 위협적인 나무들이, 가장자리가 삐죽삐죽한 구름덩어리가. 그래서 무릎이 턱에 닿을 정도로 핸들에 몸을 바싹 붙이고 미친 사람처럼 내달렸다. 어째서인지는 모르겠지만 속도감에 어질어질 취했다. 그 속도감이 이제 곧 누리게 될 그 모든 자유로 나를 자유롭게 했다. 앞으로 일 년 뒤면, 부모와 이주 넘게 떨어져 있어본 적이 단 한 번도 없는 내가, 그런 내가 과들루프를 떠날 거다. 앞날을 그려보니 흥분되는 동시에 두려웠다. 무엇을 배우게 될까? 내게는 아무런 자질도 없는 것 같았다. 교사들은 고등사범학교 수험준비반과 그랑제콜이라는 길을 정해줬다. 그러니까, 다시 페늘롱고등학교로 가리라는 소리였다. 그렇다면 저 감옥으로 들어가려고 이 감옥을 떠나는 것과 마찬가지였다. 어쨌든 내가 빠져나갈 수 있게 사람들이 문을 마련해 놓는 모습이 감옥 너머로 언뜻 보였다. 숨이 턱에 닿아 알렉상드르이자크가에 도착하니, 어머니가 거실에서 이제나저제나 나를 기다리고 있었다. 저주처럼 험한 말들을 내게 퍼부었다. 대체 뭔 일 났다고 해가 쨍쨍한데 미친년처럼 달리는 건가? 지금도 그렇게 못생기고 시커먼데 지금 그 상태로는 성에 안 찬다는 건가? 콩고 여자 같다. 찾아다니는 게 남자라면 헛수고다.

눈길도 주지 않고 어머니를 지나쳐 이층으로 올라가, 방에 처박혔다. 어머니가 계속해서 잔소리를 퍼부었다. 잠시 후 숨이 찬지 입을 다물었고, 관절염이 갈수록 심해져 팔다리 움직임이 둔해지고 있었기에, 이번에는 어머니가 어렵게 어렵게 이층으로 올라왔는데, 그 관절염은 내가 물려받게 될 터였다. 어머니가 가구에 부딪쳐가며, 바다로 나아가는 카누처럼 끽끽거리는 침대에 자리를 잡는 소리가 들렸다. 어머니에 대해 품은 온 사랑이 동정의 색깔로 위장하고 심장으로 몰려들어서 숨이 막힐 뻔했다. 나는 어머니 침실로 노크도 없이 들어갔는데, 그런 행동은 금지였다. 어머니는 침대 한가운데에 베개를 잔뜩 쌓아놓고 등을 대고 앉아 있었는데, 그즈음에는 밤이 되면 숨쉬기가 힘들다고 호소

158

하곤 했다. 기도서가 앞에 펼쳐져 있었다. 가발을 벗은 상태라 정수리 군데군데가 비어 있었다. 어머니는 늙고 혼자였다. 아버지는 주초부터 사르셀에 가 있었다. 혼자였고 늙었다. 어렸을 때 그 무엇도, 가장 엄격한 금지령조차도 나를 막을 수 없었던 그 시절에 그랬듯이, 침대로 올라갔다. 어머니를 두 팔로 세게, 세게 끌어안고 입맞춤을 퍼부었다. 갑자기 신호라도 떨어진 듯 둘 다 눈물을 쏟기 시작했다. 무엇에 대해? 멀리서 죽어가고 있는 사랑하는 상드리노에 대해. 내 유년기의 종말에 대해. 어떤 삶의 형식, 어떤 행복의 종말에 대해.

여덟 아이에게 젖을 주었던, 이제는 쓸모없고 시들어버린 두 가슴 사이로 손을 집어넣고서, 어머니는 내게 달라붙고 나는 어머니 옆구리에 둥글게 몸을 말아 붙인 채로, 어머니에게서 풍기는 노인냄새와 아르니카 냄새, 그리고 어머니의 온기에 잠겨 밤을 보냈다.

내가 간직하고 싶은 기억은 바로 그때의 포옹이다.

국어 교사와 마르그리트

50년대 중반의 어느 9월 4일, 이미 가을색이 완연한 파리를 다시 찾았다. 들뜬 기분 전혀 없이. 그렇다고 기분이 나쁜 것도 아니고. 무심하게. 안 지 오래된 도시.

열흘 동안 대양을 횡단하는 바나나 운반선 알렉상드리아의 갑판에 발을 들여놓으면서부터, 나는 예전 모습에서 벗어나기 시작했다. 프랑스로 유학을 떠나기 위해 승선한 우리는 남녀 합해 열두엇 되었다. 열여섯인 내가 가장 어려서 모두가 나를 신동 취급했다. 분위기는 음울했다. 풋사랑도 춤도 농담도 없이, 이별의 슬픔이 우리 마음을 갉아댔다. 게다가 배에는 오락거리가 전혀 없었다. 아침나절이면 우리는 바다를 마주하고 긴 의자에 엎드린 채, 몇 시간이고 말없이 책만 읽었다. 점심을 먹고 나면 각자

자기 선실에 틀어박혀서 저녁식사가 나올 때까지 늘어지게 낮잠을 잤다. 그러고 나면 흡연실에 모여 심드렁하게 카드놀이를 했다. 내가 얼마나 어머니를 그리워하게 될지, 그런 건 상상조차 못했다. 오든의 시가 들려주듯, 어머니는 "나의 아침, 나의 정오, 나의 해질녘, 나의 사순절, 나의 겨우살이"였음을 깨달았다. 어머니에게서 멀어지니 식욕도 사라졌다. 불안한 잠을 자다 깨어나 보면, 바람과는 달리 어머니 품에 찰싹 안긴 상태가 아니었다. 매일 어머니에게 여러 페이지에 걸쳐 편지를 쓰면서, 최근 몇 년 동안 못되게 군 걸 용서해달라고 빌었고, 얼마나 어머니를 사랑하는지를 거푸 말했다. 디에프에 도착하자마자 편지 열 통을 한꺼번에 부쳤다. 어머니로부터 답장이 오기까지 시간이 걸렸다. 그뒤로 한결같이 "널 생각하는 엄마가"라는 텅 빈 말로 끝나는 맹숭맹숭한 짧은 답장들이 도착했다.

지금도 여전히 내 마음을 달래려고 애쓰고 있다. 그렇게 놀라울 정도의 무심함은 아마도 병 때문이었을 거다. 그건, 어느 아침 어머니를 침대에 꼼짝없이 누워 있게 만들고, 그로부터 며칠 뒤 자다가 세상을 뜨게 한, 원인을 알 수 없는 병의 첫 징조였을 거다.

파리에서는 구시가지의 심장부인 무프타르가街에서 두어 걸음 가면 나오는 로몽가에 살았다. 감독자가 된 테레즈 언니가 꽤 팬

찾은 기숙사에 방을 구해줬는데, 앤틸리스제도의 상류층 딸들, 주로 마르티니크 출신의 여학생들을 받는 곳이었다. 구불구불하거나 곱슬곱슬한 금발 혹은 갈색 머리의 흑백 혼혈 여학생들과 백인처럼 녹색, 회색 혹은 푸른색 등 눈 색깔이 다양하고 피부가 황금빛인 흑인 여학생들 사이에서, 나만이 유일하게 검은 피부에 뽀글거리는 머리카락을 갖고 있었다. 과들루프 출신의 또다른 여학생 두 명 중 한 명인 다니엘은 피부색이 어찌나 하얀지 얼핏 보면 속을 정도였다. 또다른 한 명인 조슬린은 인도 공주처럼 숱 많고 찰랑거리는 머리 타래를 어깨 위로 늘어뜨려 있었다. 그런 것 때문에 불편함은 조금도 느끼지 않았다. 내가 지구상에서 가장 못생긴 여자애라고 생각하고 있었기에, 나 자신을 그 누구와도 비교하지 않았다. 하지만 무례한 언동에는 충격을 받았다. 비록 피부색 때문에 내가 사탕수수를 베거나 사탕수수 포기를 묶는 일을 하거나 생선을 잡거나 파는 일을 하거나 부두에서 품팔이를 하거나, 또 뭐가 있을까, 어쨌든 그런 일을 하는 검둥이 가난뱅이와 동일시되었다 해도, 나야말로 주위의 피부색이 연한 그 여자애들보다도 훨씬 더 그와는 거리가 먼 사람이었다. 적어도 그애들은 늘 입에 크레올어를 달고 살았고, 소란스럽게 웃음을 터뜨렸으며, 민속춤 리듬에 맞춰서 창피한 줄도 모르고 몸을 흔들어댔다. 그애들의 부모가 예의범절을 제대로 가르치지 않았나! 그들의 부모는 나의 부모와는 달리 토착 전통을 경멸하는 마음이 없었나! 어떻게 저럴 수가 있지? 상드리노는 죽었고, 이제 나를 이끌어줄 사람이 아무도 없었다. 생각의 미로 속에서 길을 잃은 나는 퉁명스럽고 접근을 거부하는 표정을 대놓고 지었다. 아침에도 저녁에도 그 누구와도 인사를 나누지 않았다. 저녁식사가 끝나자마자 〈환희의 송가〉나 〈브란덴부르크 콘체르토〉를 벗삼아 피카소의 복제화로 도배된 방에 틀어박혔다. 하지만 조슬린과는 아주 빠르게 친해졌는데, 그애 역시 독특했다. 아버지가 법관으로 재직하는 다카르에서 나고 자란 그애는, 부모의 나라에 대해서 아는 게 거의 없었다. 그곳의 관례나 풍습을 장난스럽게 바라봤고 이를 놀려먹을 기회를 놓치는 법이 없었다. 우리와 같은 지역 출신인 하숙집 여학생들에게 '예쁜이들'이라는 별명을 지어주고는, 그애들이 소르본대학을 남편감 전시장으로 여긴다고 장담했다. 그애는 자신이 그 누구와 견주어도 지적으로 우월하다고 생각했지만 나만은 예외로 쳤고, 그래서 나는 우쭐했다. 우리는 둘 다 제라르 필리프를 우상처럼 숭배했고, 주말이면 TNP 극장에 올라오는 공연을 단 하나도 놓치지 않았다. 영화에 대한 열정도 서로 공유했다. 나는 조슬린의 아름다움과 자신감이, 그애 없이 나 혼자서는 발을 들여놓을 엄두도 못 내는 카페테라스에 그애가 앉아서 가느다란 궐련용 파이프 끝을 물고

마스카라를 잔뜩 칠한 채 타오르는 눈길로 종업원들을 압박해 들어가는 방식이 부러웠다.

라푸앵트에서처럼 예기치 못한 일이 내 생활에 끼어들 여지는 없었다. 나는 절대 버스를 타지 않았다. 로몽가에서부터 페늘롱 고등학교까지, 라탱 지구를 가로질러 성큼성큼 걸어갔다. 수업이 끝나면, 고깔 모양 종이봉투에 담아주는 '뜨거운 군밤'을 손에 들고 뤽상부르공원 벤치에 자리를 잡고는 어머니를 떠올리며 눈물을 글썽였다. 어두워지기 시작하면, 웃음소리와 커다란 목소리로 시끌벅적한 구내식당에서 저녁을 먹기 위해 제시간에 기숙사로 가는 길을 되짚었다. 좀비와 흡사한 모습으로, 나는 수프를 후루룩거렸다.

학교에서는, 그랑제콜 수험준비반의 프로그램이 얼마나 빡빡한지를 알게 됐다. 책 한 권 펴보지 않았고 생트주느비에브 사립학교 근처에도 가본 적이 없으니, 거의 모든 과목에서 꼴찌였다. 교실에서는, 노력해봤자 티도 안 나는 그리스어와 라틴어 독해 시간에 지겨워서 하품을 하거나 마르셀*의 불면증에 대해 억지로 성찰을 하고 있자면, 삶의 심장이 힘차게 뛰노는 소리가, 이 권태의 온실에서 멀리 떨어진 곳에서 힘차게 뛰노는 소리가 들

---

* 프루스트의 『잃어버린 시간을 찾아서』의 주인공.

려왔다. 세상은 주위에 존재했다. 그 세상은 생동하고 있었다. 하지만 어떻게 거기로 이르는 길을 찾을 수 있을까? 교사들은 내가 늘어져 있어도 다같이 내버려뒀다. 그들의 태도에서는, 이 과들루프 출신 여자애는 여기 있을 애가 아니고 그랑제콜 입시에는 응시도 못하리라는 생각이 묻어났다. 국어 교사인 에페 씨만이 달랐다. 체격이 좋았고 모피외투에 푹 파묻힌 백금색 머리의 여자였는데, 그 교사는 내게 시선을 던지자마자 나에 대한 발작적인 혐오감을 드러냈다. 나의 초연함과 무심함에 격분했다. 그녀가 나를 괴롭힐 수 있는 가장 좋은 방법이 무엇일지 고심하고 있을 때, 여학생 한 명이 새로 들어왔다. 마르그리트 디옵이라는 애였고, 세네갈 고위공직자의 딸이었다. 나는 키가 컸고, 그만큼 그애는 키가 작았다. 얼굴은 동그스름했고 두 눈에는 영리함이 가득했다. 어찌나 호리호리한지 추위를 막아보려고 멋 따위는 개의치 않고 스웨터를 잔뜩 껴입었지만 전혀 뚱뚱해 보이지 않았다. 미소를 달고 살았다. 언제라도 아프리카에 관한 이야기로 쉬는 시간을 즐겁게 해줬다. 수도 없이 많은 이모와 고모가 선물로 보내준 사탕이나 과자를 늘 나눠 먹었다. 열심히 공부하는 뛰어나고 활발한 학생이었다. 한마디로, 나와 반대였다. 국어 교사에페는 우리 둘의 차이를 깨닫자마자 나를 공격하는 데 그 사실을 철저하게 활용했다. 그때부터 국어 수업은, 관리인이 잡혀온

동물들을 전시하는 동물원이 되었다. 조련사가 동물들에게 묘기를 부리라고 강요하는 원형경기장. 비용, 뒤벨레, 샤토브리앙, 라마르틴 등 프랑스 문학 전체가 사형의 구실이 되었다. 가끔, 베냉왕국의 청동상들이나 모노모타파왕국의 프레스코화들을 발판으로 쓰기도 했다. 에페 선생은 내게 역할을 부여했다. 절대 바뀌지 않는 역할. 내가, 신대륙으로 강제 이주된 뒤 타락한 아프리카의 모습을 구현한다는 건 명확했다. 마르그리트가 그다지도 완벽하게 구현하고 있는 가치들이 대서양을 건너가자마자 이울었다. 즐거움, 유머가 사라져버렸다. 지성과 감성은 사그라들었다. 우아함은 날아가버렸다. 우둔함과 공격성과 침울함만이 남았다. 에페 선생은 서슴없이 우리 중 한 명에게 질문하고 나서 곧바로 다른 한 명에게 질문했고, 우리 둘에게 동일한 발표를 시켰고, 반 전체가 듣는 데서 우리 성적을 평했다. 아마도 본인은 알지 못하는 새 그랬겠지만, 에페 선생은 다카르의 가톨릭 계열 기숙학교에서 교육받고 파리의 고등학교들 중 최상위권에 속하는 고등학교에 입학한 마르그리트가 나만큼이나 '순수'하지 않다는 사실을 인정하려고 들지 않고서, 식민지의 선교사들이나 행정관들의 길고 긴 대열에 합류하여, '그들처럼 부족사회에서 탈퇴한 아프리카인' '서양인처럼 바지 입은 검둥이'를 조롱하고 망신을 줬다. 자기네 앞에서 무슨 일이 저질러지는지를 의식하지 못한 여자애들 서너 명을 제외하면, 대다수 학생들은 이런 서커스를 좋아하지 않았다는 이야기는 해야겠다. 학생들은, 페늘롱에서는 아주 드물게 벌어지는 일인데, 규율을 무시하거나 불손한 태도를 보이거나 책상에 낙서를 하는 걸로 에페 선생에 대한 반감을 드러냈다. 반대로 학생들은 내게 적극적으로 친근감을 표시했다. 식사 초대나 부모 소유의 별장에서 주말을 함께 보내자는 초대가 밀려들었다. 받아들였다. 하지만 기숙사로 돌아온 뒤엔, 매번 재능 많은 검둥이 여자애 역할을 했다는 사실을 알아차렸다. 그럼요, 전 사탕수수밭 출신은 아니죠. 그럼요, 제 부모님은 저명인사시죠. 그럼요, 집에서 늘 프랑스어를 사용했죠. 급우들은 내가 에페 선생의 공격에 맞서 반항하기를 바랐을 수도 있다. 하지만 그애들은 어머니도 오빠도 옆에 두지 못한 내게 더는 그럴 기운이 없다는 것을 이해하지 못했다.

서로 늘 대척점에 놓였기에 마르그리트와 나는 서로를 못 견뎌했을 법도 했다. 오히려 그 반대였다. 에페 선생은 서로 다른 성격의 우리 둘을 가깝게 만들어줬다. 마르그리트는 뤽상부르공원에 앉아서, 모직스웨터를 입고서도 덜덜 떨어가며, 내 주장을 일거에 날려버렸다. 내가 착각한 거란다. 에페 선생이 내게만 앙심을 품은 게 아니란 거다. 우리 둘 다를 똑같이 증오하는 인종주의자였다. 분열을 통해 통치할 것, 잘 알려진 식민화 프로그램

168

이니까. 아프리카의 미덕에 대한 선생의 장광설은 위선에 불과하다. 교묘하게 앤틸리스제도를 깎아내리는 싸구려 논리나 마찬가지로 모욕적이다. 열심히 현학적인 설명을 해나가던 마르그리트가 중간에 갑자기 말을 끊더니, 생미셸대로를 급하게 걸어가는 자신의 '사촌'인 젊고 똑똑한 경제학자 셰이크 아미두 칸과, 이집트인들에 관한 진실을 담아낸 빼어난 저서의 집필을 막 마친 '사촌' 셰이크 안타 디옵을 가리켰고, 모든 검둥이는 전부 친척이라는 생각에 내가 느끼던 고독은 훈훈해졌다. 마르그리트에게는 세네갈의 국회의원과 결혼한 이모가 한 명 있는데, 종종 그 집으로 나를 초대했다. 마르소가에 위치한 열두 칸짜리 집은 아이들, 방문객들, 진짜 친인척들, 기식하는 사람들, 가늘고 긴 목에 뾰족구두 위에 올라선 여자들로 북적거렸다. 그 집에서는 밤이고 낮이고 아무때고 누구든, 하녀들이 거칠게 다루어 이가 빠진 비싼 식기에 쌀과 생선 요리를 담아 먹곤 했다. 마르그리트의 '사촌들' 중 한 명인 카미유가 내게 홀딱 반했다. 뚱뚱하고 키가 작고 엄청나게 똑똑한 그는, 훗날 세계은행의 간부가 된다. 그가 예언했다. "앞으로 이십 오년 뒤에 우리 조국은 독립하게 될 거야." 그가 틀렸다. 오 년이 가기 전에 그리되었다. 드디어 욕망의 대상이 되어 입술에 키스를 받고 살짝 애무를 받는 기분은 좋았다. 하지만 나는 아프리카로 갈 준비는 되어 있지 않았다. 두번째 학기가 끝날 무렵, 마르그리트가 사라졌다. 소문이 돌았고, 그 소문은 곧 확신이 되었다. 그애는 세네갈로 돌아가버렸다. 결혼을 하려고. 심지어 임신을 해서 겨울 내내 복대를 하고 있었다는 걸 알게 됐다. 대번에 에페 선생은 나를 잊고 예전의 귀염둥이에게 그악스럽게 달려들었다. 수업시간마다 마르그리트를 그 아이가 속한 인종의 여성들이 얼마나 지적 야망이 결여된 무기력한 존재인지를 보여주는 한심한 상징으로 만들었다. 몇 년 뒤면 그 아이는 살이 뒤룩뒤룩 쪄서는 입에 이쑤시개를 물고 샌들을 질질 끄는 모습으로 바뀌어 있을 거란다.

난, 열등생들 자리에 앉아서, 눈은 뜨고 있지만 머릿속으로는 몽상을 펼치는 일을 다시 시작했다. 상상 속 마르그리트는 내가 좋아하는 오래된 조각상에 새겨진 세네갈 여인의 모습이었다. 그애는 야생화가 도도하게 피어난 정원에 놓인 긴의자에, 색색깔의 쿠션을 등에 괸 채 다리를 쭉 펴고 앉아 있다. 머리에는 커다란 푸른색 두건을 둘렀다. 발에는 목이 살짝 길고 가느다란 가죽끈으로 묶는 구두를 신었다. 그애는 호박단블라우스를 풀어헤치고 부푼 젖가슴을 아기에게 내줬다. 그애의 만개한 풍만함이 에페 선생의 독설을 비웃고 있었다. 동시에 나는, 내가 그려보는 그 아이의 행복을 뒷받침할 편지나 카드, 그저 기별이라도 오기를 기대했다. 그 아이는 내게 단 한 번도 편지를 보내지 않았다.

올넬 혹은 진정한 삶

학년말, 그랑제콜 준비반에서 쫓겨났다. 내 예상과 다르지 않았다. 어머니는 아무런 언급도 하지 않았다. 아버지는 내가 아버지 이름을 수치스럽게 했다는 내용으로, 그런 서신의 모델이 될 만한 편지를 보내왔다. 식구들 사이에, 내가 그렇게 똑똑한데도 불구하고 아무것도 이루지 못할 거라는 평판이 돌기 시작한 게, 나 스스로도 그것을 진실로 받아들이게 된 게, 바로 그 무렵이었던 것 같다.

11월에, 죄수가 탈출의 땅에 발을 디디듯 나는 소르본에 합류했다. 여럿 중 한 명이 되어 사람들로 꽉 찬 대형 강의실에 활짝 핀 얼굴로 스며들었다. 고전문학 따위는 발길질 한 번으로 쫓아보내버렸다. 라틴어, 그리스어, 고대 프랑스어, 중세 프랑스어와도 끝을 냈다. 영미문학을 택했다. 어쨌든 덜 케케묵었으니까. 그뒤로 위대한 시인들을, 키츠, 바이런, 셸리를 알게 됐다. 그들의 시에 흠뻑 빠졌다.

　이것은 환상일까, 아니면 백일몽일까?
　그 음률 날아가버렸네—나 지금 깨어 있나 아니면 잠들었나?
　　　　　　　　　　　　　　　—키츠, 「나이팅게일 찬가Ode to a Nightingale」

　나는 그 시인들 저마다의 잔인한 삶의 이야기를 열렬히 파고들었고, 고통만이 창조성에 진정한 가치를 부여함을 깨달았다. 다시금 획득한 자유 덕분에, 라푸앵트에서 알고 지냈던 옛친구들, '첫영성체 동기'를 다시 만나게 됐다. 이제는 그랑제콜 수험 준비반 이 년차가 된 친구들 역시 나를 놓지 않았다. 소르본대 교수인 아버지와 마찬가지로 극좌파임을 자랑스러워하는 프랑수아즈는, 아버지에게서 반식민주의에 대해 의견을 개진하는 법을 배웠더랬다. 그애는 내 생일에 에메 세제르의 시집 『귀향 수첩Cahier d'un retour au pays natal』을 선물했다. 세제르의 시가 몇 년 전에 조벨의 명료한 산문이 그랬던 것처럼 내 마음을 뒤흔들어놓지는 못했다. 처음 읽고서는 세제르의 시가 내 우상인 영국 시인들의 시에 비교가 안 된다고 큰소리쳤다. 하지만 마이외카

172

페의 테라스에 앉아서 세제르의 시구를 낭송하는 프랑수아즈의 열광이 나한테도 옮겨오고 말았다. 조금씩 조금씩 수문을 열던 나는 이미지들의 격랑에 휩쓸려버렸다. 프랑수아즈를 따라 당통 가의 소시에테사방트에서 열리는 학회에 갔다. 프랑스 및 아프리카 출신 공산주의자들이 가스통 데페르가 발의한 새로운 법, 기본법을 놓고 토의하고 있었다. 그 따분한 말들이 지겨웠다. 연사 중 한 명이 기니에서 온 노동조합운동가 세쿠 투레*였는데, 심지어 그도 알아보지 못했다.

하지만 두 달도 채 안 되어 나는 다시 출발점으로 돌아왔다. 훈연에 쓰이는 허브처럼 내 열정은 바싹 그을려 말라버렸다. 영문학에 셰익스피어와 내가 좋아하는 반항적인 천재 시인 삼인조만 있는 게 아니었다. 『포사이트 가문 이야기*The Forsyte Saga*』,** 제인 오스틴의 소설들이 타키투스나 플라톤보다도 더 나를 짓눌렀다. 그러고도 또 고대 영어, 중세 영어가 있었다. 소르본도 때려치웠다. 매일매일을 뭘 하며 시간을 보냈는지 이제는 기억이

---

* Sékou Touré(1922~1984). 기니노동조합연맹 등에서 활동하다 아프리카노동총동맹을 결성하고 반프랑스 운동을 주도했던 그는 1958년 기니 독립과 더불어 1960년 초대 대통령이 된다.
** 1932년 노벨상 수상 작가 존 골즈워디(John Galsworthy, 1867~1933)의 장편소설.

안 난다. 마이외카페와 서점에 죽치고 있었던 기억은 난다. 어찌 보자면 내 삶은 금칠을 했지만 즐겁지는 않았다. 그런 것과는 거리가 멀었다. 감정의 사막에서 살았다. 에밀리아와 테레즈 언니와는 나이 차가 너무 졌다. 두 사람의 심장에 깃든 나를 위한 감정은 아주 미지근할 뿐이었다. 두 사람 눈에 나는 연로한 부모가 버릇없이 키운 막내였고, 신에게 감사하게도, 이제 삶이 책임지고 엄히 버릇을 가르칠 막내였다. 꼬박꼬박 토요일마다 에밀리아 언니 집에서 점심을 먹었다. 내가 식사를 하는 동안, 에밀리아는 무슨 대화든 피해가려고 피아노 앞에 앉은 채 자기 방에서 나오지 않았다. 연주를 듣고 있으면 눈에 눈물이 차오를 정도로 뛰어난 음악가였다. 나는 언니가 콘서트피아니스트를 꿈꿨다는 걸 알았다. 아버지는 그쪽이 아니라 약학 공부로 몰아갔고, 에밀리아는 끝내 졸업을 못했다. 작별의 키스를 하기 전에 에밀리아는 으레 내게 돈다발을 슬며시 건넸는데, 웬만한 중산층 가정을 꾸려갈 만한 액수였다. 그럴 때마다, 그게 자신의 무관심에 대해 용서를 구하는 그녀만의 방식이라는 느낌을 받았다. 나는 사 주에 한 번꼴로는 테레즈 언니네에서 주말을 보냈는데, 생드니대성당 그늘에 자리한 흉측한 작은 집이었다. 우리가 다투지 않을 때면 서로에게 할말이 아무것도 없었다. 테레즈의 머릿속에는 오로지 어린 딸과 남편 생각뿐이었고, 게다가 나는 언제나 테레즈의 성질을 건드렸다. 언니는 나를 자기애가 강하고 의지박약이라고 생각했다. 언니는 나를 건방지다고 여겼지만, 사실 마음 깊은 곳에서 나는 두려움에 떨고 있을 뿐이었다. 내게는 애인이 없었다. 날 사랑할 참이었던 남자는 조슬린이 평소의 그 오만한 자신감으로 능숙하게 채갔다. 이런 실패가 내게 자신감을 북돋워줄 리는 만무했다.

　고독이 고약한 동반자보다 낫다는 걸 재빨리 깨달았다. 고독과 함께, 나는 레오노르 피니나 베르나르 뷔페 전시회를 모조리 찾아다녔다. 우리는 함께 루이 말 감독의 영화상영관 앞에 줄을 섰다. 고독은 주눅드는 법 없이, 나와 함께 제일 큰 맥줏집에 들어갔고, 다른 손님들이 어안이 벙벙해서 지켜보는 가운데 내가 굴을 여러 접시 먹어치우는 동안 참을성 있게 기다렸다. 고독은 내가 여행사 팸플릿들을 비교할 때, 이런저런 노선의 기차표를 살 때, 곁에 있어줬다. 고독과 함께 나는 영국, 스페인, 포르투갈, 이탈리아, 독일을 돌아다녔다. 오스트리아에서 스키를 타다가 다리가 부러져 헬리콥터를 타고 저지대로 내려올 때도, 고독과 함께였다. 오텔디외병원에서 나의 열일곱번째 생일 파티도 함께했다. 흔한 충수염일 거라고 생각하며 입원했던 병원에서 난소 종양으로 수술을 받았다. 담당 의사들이 내가 죽을 뻔했으며 어머니가 될 확률이 현저히 줄었다고 알려줬다. 장차 아이 넷을 낳게 될 테지만, 당시 나는 미래의 불임을 슬퍼하며 뜨거운 눈물을 쏟았다. 내 몸조차 나를 포기한 거였다. 하지만 병원에서 보낸 그 시기는 몹시 즐겁기도 했다. 이웃 침대를 차지한 사람은 뤼세트 부인으로, 랑뷔토가에서 채소와 과일을 파는 상인이었다. 막 글읽기를 배워서 그림책을 넘기는 아이처럼 홀려서 그 여자의 이야기를 들었다. 삶이란 게 그게 전부인가? 뤼세트 부인에게는 병문안을 오는 사람들이 끊임없이 밀려들었고, 부인은 의기양양 해서 나를 그들에게 소개했는데, 그들이 나의 프랑스어에 경탄 을 해대도 나는 화가 나지 않았다. 그들을 즐겁게 해주려고 한층 더 재잘거렸다. 그들에게 가족사진을 보여주면, 모두 어머니의 미모에 대해 호들갑을 떨어댔다. 하지만 퇴원하고 나자, 뤼세트 부인에 대한 나의 우정은 그녀의 집에서 식사 한 끼 하면서 무너 져버렸는데, 4구에 위치한 그녀의 집은 안뜰을 지나면 나오는 누 추한 집이었다. 포토푀 스튜 요리는 황홀했지만, 나는 어머니와 아버지의 딸로 남았다. 봄에, 나와는 달리 성실하게 사학을 꾸준 히 공부해 학사를 마친 과들루프 시절의 친구인 제롬이, 자신과 함께 루이스카를로스프레스테스* 동아리를 주재해달라고 부탁

---

* Luis Carlos Prestes(1898~1990). 공산주의 사상을 지닌 브라질의 군인이자 정치가.

했다. 루이스 카를로스 프레스테스가 누구지? 순교자인가? 정치인? 문화적 민족주의자? 이제는 기억이 전혀 없다. 우리는 열심히 오후의 문학 한담회, 토론회, 강연회 등을 기획했고, 그런 활동에 취미를 붙이기 시작하면서 내 삶은 엄청나게 꼬이게 됐다. 스스로 나서서 강연도 했다. 과들루프의 문화에 대해서. 그게 어떻게 받아들여졌는지는 모른다. 그저 그 시절에 나는 자신도 모르는 주제에 대해 두려워하지 않았다는 증거일 뿐이다. 루이스 카를로스프레스테스 동아리는 활기차게 돌아갔다. 발표를 해달라, 신문에 글을 써달라는 부탁을 받았다. 나는 앤틸리스제도의 가톨릭 대학생 잡지에 발표한 중편으로 상을 받았다. 그러니까, 대학 공부는 계속 내팽개쳐두고, 대학생들 사이에서 지적인 여성이라는 명성을 얻었다는 소리다. 그해에 보기 좋게 시험에 실패했고, 아버지는 격노해서 방학 동안 과들루프로 불러들이는 걸 거절했다. 어떻게 보면 논리적으로 정당한 그 결정이 무시무시한 결과를 낳았다.

어머니 생전에 다시는 어머니를 보지 못하게 됐으니까.

어느 날 오후에 열린 동아리 모임에서 아이티에 대한 토론이 열렸는데, 아이티에서는 프랑수아 뒤발리에*라는 의사가 유력한

---

* François Duvalier(1907~1971). 이후 1957년 대통령이 되어 죽을 때까지,

대통령 후보였다. 내가 아이티에 대해 알고 있는 건, 몇 년 전 앙피르극장에서 엄마 아빠 사이에 앉아 감탄하며 구경했던 캐서린 던햄*의 춤 정도였다. 약간 원숭이를 닮은 그 얼굴 말고, 사람들이 그 정치인 프랑수아라는 인물에게서 어떤 점을 비난하는 건지 전혀 몰랐다. 나로서는 대부분 흑백 혼혈의 소시민들로 이루어진 그의 반대자들에 비해, 그 인물의 피부색에 차라리 호감이 갔다. 나도 모르는 새, 내가 받은 교육이 '흑인주의적'이었던 거다.

루이스카를로스프레스테스 동아리가 존재했던 시기를 통틀어 그날 저녁 회합만큼 파란만장했던 회합은 일찍이 없었다. 뒤발리에 지지파와 뒤발리에 반대파, 흑인 대학생들과 흑백 혼혈 대학생들 사이에 싸움이 벌어질 뻔했다. 제롬과 나, 우리 둘 다 그다지 아는 게 없는 그 전투를 가라앉힐 능력은 없었다. 그런 열정을 지켜보던 나는 부러움의 감정을 느꼈다. 아, 프랑스의 해외주州인 한 뼘짜리 영토가 아니라, 진정한 나라, 독립된 나라에서 태어났더라면! 국력을 위해 싸울 수 있다면! 요란한 색상의 전통

특수 군사조직에 의지해 잔혹한 독재정치를 펼쳤다. '흑인주의(자)noirism/noiriste'를 앞세워 흑인(농촌 인구의 거의 90%) 대 흑백 혼혈 물라토(당시 정치·경제·문화적 엘리트 계층) 구도로 혼혈 소시민들을 탄압했다.

* Katherine Dunham(1909~2006). 아프리카와 카리브해제도 민속에 바탕을 둔 풍자극과 고전발레 재해석으로 유명한 미국의 흑인 무용수이자 영화배우.

의상을 입은 대통령이 사는 대통령 관저가 있다면! 갑작스럽게, 정치학을 공부하는 두 명의 아이티 대학생인 자크와 아드리앵과 가깝게 얽히게 됐는데, 진짜인지 가짜인지, 두 명 다 나를 열렬히 사랑한다고 고백했다. 아주 박식한 두 사람은 자신의 나라에 대해 모르는 게 없었다. 역사, 종교, 경제, 정치적 인종적 갈등관계, 문학, 소박파*까지도 꿰고 있었다. 근면 성실하며 도서관에서 살다시피 하는 두 책벌레를 보고 있자면, 아무 일도 하지 않고 있는 내가 부끄러워졌다. 난 튀어나온 턱 한가운데 살짝 보조개가 패고 시선이 아련한 자크라면 사족을 못 썼다. "알지, 삶은 말이지, 아이티 전화나 마찬가지야." 그가 한숨 섞어 말했다. "전화통에 대고 자크멜이라고 해보라고. 연결되는 건 케이프타운일걸.** 네가 원하는 걸 절대 얻지 못한다고." 그가 내게 현대문학을 권했고, 그의 말을 믿자면, 그게 나에게 기가 막히게 잘 맞을 거란다. 마리잔 뒤리***가 요란스레 강의를 하고 있던 리슐리외 대형 강의실로 나를 몰래 데려간 것도 그였다. 하지만 자크와 아드

---

* 1910년대 루소를 중심으로 모인 유파로, '나이브아트'라고도 한다. 미술 전문 교육을 받지 않은 아마추어 작가들의 작품 경향을 뜻하기도 한다.

** 자크멜은 아이티 남부의 항구도시고, 케이프타운은 남아프리카공화국 서남부의 도시다.

*** Marie-Jeanne Durry(1901~1980). 유대인 부르주아 출신의 명망 있는 프랑스 문학 연구자이자 교육자.

리앵은 무엇보다도 상드리노의 그림자, 되찾은 오빠들이었다. 나는 마음을 정할 수가 없었다. 또한, 둘 다 지나칠 정도로 반듯하게 큰 좋은 집안의 자제들로, 똑같은 더플코트를 입어야만 안심이 되는 사람들이었다. 그런데 나의 어느 부분은 어수선하고 격렬해서 색다른 것, 미지의 것, 위험을 기대했다. 그러니까 진짜 삶을! 페티옹빌이나 켄스코프에서 우리가 함께할 삶을 상상해봤다. 평온하게 한없이 흘러가는 권태의 강. 나는 아이티인들을 덮칠 불행이나, 자크가 캐나다로 망명하게 되리라든가, 혹은 아드리앵이 가족 전부와 함께 통통 마쿠트*의 희생자가 되리라는 걸 전혀 예상하지 못했다.

어느 날 저녁, 나와 늘 붙어다니는 두 사람을 따라서 무슈르프랭스에 사는, 그들과 동향인 누군가의 집에 가게 됐다. 농촌문제를 중심으로 토론이 이루어졌고, 우리는 경건한 태도로 흑백 혼혈의 농학기사인 올넬이 아르티보니트** 유역에 거주하는 농부들의 궁핍에 대해 묘사하는 말을 주의깊게 들었다. 잠시 그가 말을 중단하더니, 『태양 장군*Compère Général Soleil*』***에 관해 내가 쓴

---

* 아이티의 독재자 프랑수아 뒤발리에가 부렸던 특수군사조직이자 비밀경찰.
** 아이티의 아르티보니트강 유역의 기름진 평야지역.
*** 아이티의 공산주의 작가 자크 스테판 알렉시(Jacques Stephen Alexis, 1922~1961)가 1955년에 발표한 소설.

글을 칭찬했다. 만약 천상에 계신 선하신 하느님이 몸소 구름휘장을 걷고 내게 말을 건넸다 해도, 그보다 더 흥분되지는 않았을 거다. 그리도 잘생기고 그리도 인상적인 남자가 나같이 초라한 누군가를 주목했다는 건 내 기대를 넘어서는 일이었다. 다 함께 저녁식사를 하러 가기로 결정하자, 너무 흥분한 나머지 계단을 내려가다가 비틀거렸다. 그러자 자크와 아드리앵을 앞질러서 그가 독점욕이 묻어나는 손길로 나를 붙잡았다.

여러 해 동안 어머니가 시켜서 수호천사에게 간절한 기도를 드렸건만, 그 수호천사는 자신의 직무를 수행하지 않았다. 그토록 수없는 기도를 드리고 십여 차례 묵주기도를 올리고 구일기도를 올린 뒤였으니, 수호천사는 미세할지언정 뭔가 내게 신호를 줌으로써 경고를, 올넬이 나를 위해 마련해둔 그 모든 것에 대한 경고를 해줬어야 하는 건데. 수호천사는 묵묵히 있었다.

우리는 불빛들이 길게 드리운 생미셸대로로 접어들었다. 화등잔처럼 두 눈을 부릅뜬 자동차들이 줄줄이 센강 쪽으로 포효하며 달려갔다. 그날 저녁, 내가 알아차릴 새도 없이, 나의 고독이 떨어져나가면서 작별을 고했다. 이 년 넘게 충실하게 내 곁에 있어줬더랬는데. 이제 더는 그 동반자가 필요 없었다. 막 그걸, 진짜 삶을, 근친의 죽음과 실패와 형언할 길 없는 고통과 너무나 때늦은 행복을 거느리고 나타난, 진짜 삶을 맞닥뜨렸다. 고독은

퀴자스가 모퉁이에 서서 보일 듯 말 듯 손을 흔들었다. 하지만 난, 은혜를 모르는 난, 그쪽으로 눈길도 주지 않고 허망하게 현혹되어 미래를 향해 나아갔다.

옮긴이의 말*

마리즈 콩데Maryse Condé는, 스웨덴 한림원이 성추문에 휩싸이게 되면서 수상자 선정이 불발로 끝났던 2018년, 그 대안으로 제정된 뉴아카데미문학상의 수상자로 선정되어 한국의 언론과 대중에게 이름을 알린다. 평생 흑인, 여성, 피식민지 경험이라는 삼중고를 짊어지고 꼿꼿이 걸어갔던 이 노작가는, 유독 제3세계 문학에 낯가림이 심한 한국에서야 실감하기 힘들지만, 사실 이미 거장의 반열에 오른 대가다.

마리즈 콩데는 1937년, 프랑스의 식민지 과들루프에서 은행

---

* 2019년에 번역되어 출간된 마리즈 콩데의 『나, 티투바, 세일럼의 검은 마녀』를 위해 작성했던 「옮긴이의 말」에서 일부 따왔다. 당시나 지금이나, 작가의 삶의 주요 변곡점들을 짚어내고 그 의미를 해석하는 번역가의 판단에 변화가 없어서이다.

가인 아버지와 최초의 흑인 교사인 어머니 밑에서 태어나 노예 제도라는 말조차 들어보지 못할 정도로 과보호를 받으며 유복한 환경에서 자라난다. 16세에 프랑스 파리에서 유학생활을 시작하면서 본국인의 눈에 비치는 자신의 모습에 눈뜨게 되고, 이렇게 타자화의 대상이 되는 경험을 통해 이제껏 과들루프의 흑인 부르주아계급의 일원으로서 자신이 얼마나 역사적 사회적 현실과 유리된 삶을 살아왔는지를 깨닫는다. 백인의 언어와 문화를 내재화하여 백인보다 더 백인답게 '검은 피부, 하얀 가면'으로 살아왔음을 인지한 순간, 허위의식 위에 쌓아올렸던 정체성은 터져나가고 새로운 정체성을 구축하려는 그녀의 끈질기고 집요한 추구가 시작된다.

그녀에게 '검둥이'라는 자의식을 확실히 심어준 사건은 불행히도 그녀의 첫사랑이었다. 콩데는 파리 유학생 시절, 훗날 독재에 맞서 아이티의 민주화를 위해 싸우다 암살당하게 될 장 도미니크Jean Dominique라는 아이티의 언론인을 만나 사랑을 하게 되나, 도미니크는 아이티의 민주화 운동이라는 대의명분을 내세워 마리즈 콩데를 홀로 파리에 놔두고 아이티로 돌아가버린다. 콩데는 이 연애담의 비극적 결말이, 흑백 혼혈이어서 덜 '검둥이'인 도미니크가 더 '검둥이'인 그녀를 마치 백인이 경멸과 우월감을 갖고 흑인을 대하듯 대한 결과였다는 분석에 이른다. 이는,

강제로 백인의 피와 섞이게 된 뒤로 더이상 흑인이라는 추상적 범주는 존재하지 않으며, 흑인 안에서도 더 '검은' 흑인과 덜 '검은' 흑인으로 나뉘는 끝없는 차별화 과정이 진행중임을 깨달은 계기였다. 도미니크와 헤어진 그 이듬해인 1956년, 순탄하게 인생이 흘러갔다면 엘리트 양성의 산실인 파리 고등사범학교의 입학고사를 치르고 있었을 날에 아들을 출산하며 미혼모가 된다. 이제 가문의 수치가 되어버린 그녀에게 아버지는 경제적 지원을 끊어버렸고, 가난·결핵·미혼모라는 현실만이 가족에게서 버림받은 그녀의 벗으로 남는다.

콩데는 1958년, 기니 출신의 얼치기 연극배우이자 날라리 대학생이었던 마마두 콩데Mamadou Condé를 만나 결혼에 이른다. 애정 반 편의 반의 이유로 감행한 결혼 덕분에 보수적 성관념이 지배하던 사회에서 미혼모를 향해 쏟아지는 따가운 눈총으로부터 벗어나는 데는 성공하나 경제적 곤란은 여전하여, 결국 1960년에, 알코올 중독에다가 모든 면에서 그녀와 현격한 수준 차이를 보이는 남편을 달고 프랑스어 교사 자격으로 아프리카대륙으로 들어간다. 콩데의 삶과 작품을 거론할 때 건너뛸 수 없는 아프리카 시기가 이렇게 시작된다. 1960년부터 1973년까지 무려 13년 동안 콩데는 코트디부아르·기니·가나·세네갈·말리 등을 거치며, 검은 백인으로 자랐던 그녀에게는 미지의 대지이자 모든 흑인의 어머니인 아프리카를 알아간다.

이 시기에 그녀는 에메 세제르Aimé Césaire의 『식민주의에 대한 담론』을 다시 진지하게 읽기 시작하고 세제르, 생고르 등이 주창하는 네그리튀드négritude 운동에 대해 관심을 갖게 되었으며, 더 나아가 식민주의의 폭력성을 파헤친 프란츠 파농Frantz Fanon의 사상을 깊이 파고들기 시작했다고 고백한다. 콩데는 파농의 사상에는 깊은 공감을 표명하지만 네그리튀드 운동에 대해서는 비판적 거리를 유지한다. 오랜 기간 아프리카의 여러 나라를 돌아다니면서 아프리카의 찬란함과 어두움을, 무지와 야만과 지혜의 뒤엉킴을 속속들이 들여다봤던 그녀에게, 하나로 묶일 수 있는 아프리카란 신화였다. 아프리카는 이미 백인이 소유한 자본의 침탈에 속수무책으로 스스로를 내준 이래로 찢기고 뒤틀리고 엉망으로 나뉘어버리고 말았고, 이는 돌이킬 수 없는 현실이었다. 콩데는 아프리카에 체류하면서, 신격화된 아프리카가 아니라 온갖 약점과 문제점을 노정한 아프리카를 그 자체로 사랑하게 되고 흑인이라는 자부심을 갖기에 이른다.

그뒤 아프리카를 떠나 다시 프랑스로 돌아온 콩데는 1975년에 소르본에서 비교문학 박사학위를 취득한 뒤 여러 대학에서 프랑스어권 문학을 가르치는 한편, 아프리카 체류 경험에서 착안한 소설 두 편, 『에레마코농Hérémakhonon』과 『리하타에서의 한철_Une saison à Rihata_』을 발표한 1976년부터 본격적인 작가의 길로 들어선다. 콩데는 1985년에 풀브라이트 장학금을 받고 미국 대학에서 가르치기 시작하면서 2002년까지 미국과 과들루프를 오가며 강의와 창작에 힘을 쏟는다. 파킨슨병이 발병한 가운데서도 자신의 작품을 번역해 영어권에 소개하는 일을 도맡아왔던 남편이자 번역가 리처드 필콕스Richard Philcox에게 구술하여 2017년에 소설 『이반과 이바나의 경이롭고 슬픈 운명_Le fabuleux et triste destin d'Ivan et Ivana_』을 발표한다. 콩데는 이 작품을 끝으로 절필할 것으로 알려졌으나, 놀랍게도 2021년에 알레고리 성격이 짙은 소설 『신세계의 복음_L'Évangile du Nouveau Monde_』을 발표했다.

삶 자체가 디아스포라문학이라고 해도 지나치지 않을 정도로 앤틸리스제도·유럽·아프리카대륙과 아메리카대륙을 오가는 그녀의 삶의 궤적을 따라가다보면, 흑인이고 게다가 여자고 심지어 가난한 미혼모라는 최악의 삶의 조건에 놓이지 않았더라면, 최고의 엘리트 교육을 받은 그녀는 어쩌면 고국에서 본국의 이익을 대변하는 흑인 부르주아 엘리트로 편안한 삶을 살았을지도 모른다는 생각을 하게 된다. 역설적이게도, 콩데 개인에게는 비극적이었던 경험이 작가 콩데의 삶을 풍성하게 만들었고, 사회적 약자와 폭력과 차별의 희생자에 대한 남다른 공감과 이해로 이끌었다.

이번에 번역 소개하는 『울고 웃는 마음*Le Coeur à rire et à pleurer*』(1999)에는, '내 어린 시절의 진짜 이야기들'이라는 부제가 선명하게 알려주듯이, 작가의 유년기와 관련된 열일곱 편의 이야기들이 담겨 있다. 작가는 가족·학교·친구·첫사랑·방학 등 유년기 이야기의 단골 소재뿐만 아니라 출산 장면 목격이나 우연히 놀이 친구가 된 백인 소녀와의 관계처럼 기억에 각인된 몇 가지 특별한 사건을 다룬다. 작가가 글을 써나가는 방식이 마치 이야기를 들려주는 듯한데다가 어린 마리즈의 거침없는 솔직한 시선이 자아내는 웃음까지 더해져, 어느덧 느긋하고 즐거운 마음으로 솔솔 곶감 빼먹듯 한 편씩 읽어나가게 된다.

이렇듯 경쾌하고 상큼한 느낌의 소품 형식이긴 하지만, 그 겉모습 아래로는 어딘가 서늘하고 어두운 기운이 흐른다. 이처럼 상반되는 두 가지 느낌이 작품 안에 공존하게 된 데에는 마리즈가 흑인 어린이라는 사실이, 요컨대 어린 마리즈 본인의 의사나 의지와는 무관한 존재적 조건이 작용한다. 사실, 마리즈는 교육 수준이 높고 경제력이 충분하며 자녀 교육에 열과 성을 다하는 모범적인 부모가 제공한 환경에서 응석받이로 자라난다. 그럼에도 불구하고, 이 작품을 여는 첫 편의 핵심어가 행복한 유년기를 보내는 어린아이가 생각해낼 법하지 않은 '소외'라는 사실은 의미심장하다. 더구나 이 '소외'라는 화두는 한번 마리즈의 머릿속에 들어온 뒤로 뇌리 저 안쪽에 자리잡고 있다가, 흑인으로서의 자신의 정체성에 대한 의문이 생길 때마다 불쑥불쑥 모습을 드러낸다.

과들루프 사회의 최상위층에 속하는 마리즈의 부모는 막내딸을 가난뱅이 검둥이들이 언제든지 위해를 가할 수 있는 위험한 바깥세상으로부터 완벽하게 보호하려고 하며, 그들의 그러한 노력은 인종 간 불평등으로 얼룩진 어두운 과거를, 현재진행형인 그 역사를 지우는 방향으로 진행된다. 그래서 우연히 놀이 친구가 된 백인 여자아이가 놀이 내내 자신은 폭력의 주체가 되고 마리즈는 폭력의 대상이 되기를 요구하면서 흑인은 매를 맞아야 한다는 논리를 당당하게 내세울 때도, 마리즈는 그러한 논리의 역사적 맥락을 전혀 이해하지 못할 정도로 무지 속에 놓여 있다.

이렇듯 위험한 외부세계로부터 마리즈를 보호하려는 부모의 노력은 완벽한 성공을 거둔 듯하지만, 마리즈는 본능적으로 "어떤 비밀이, 굳이 알려고 하면 불편하고 어쩌면 위험할 그런 고통스럽고 수치스러운 비밀이 숨어 있음을" 느낀다. 오히려, 어린 마리즈는 과거를 지우고 진실을 가리려고 애쓰는 가운데 부자연스러운 모습을 띠게 된 부모를 보면서 소외된 사람이란 "자신이 될 수 없는 게 되려고 애쓰는 사람" "현재 자신의 모습을 있는 그대로 사랑하지 않"는 사람, '검은 피부, 하얀 가면'임을 홀로 깨치게 된다.

「이블리즈」나 「어머니의 날을 맞아 축하드려요, 엄마!」 편이 잘 보여주듯이, 마리즈는 진실이 사랑하는 사람들의 행복을 보장하지 않는다는 씁쓸한 깨달음과, 그래도 진실을 추구할 수밖에 없는 자신의 솔직한 천성 사이에서 줄곧 갈등을 겪는다. 그러한 곤란함에서 벗어나려는 작가의 욕망은, 이 작품에서는 직접화법과 간접화법의 경계를 허무는 방식을 즐겨 사용하는 것으로 나타난다. 두 화법 사이의 중간지대에 머무르는 전략은, 직접화법에서처럼 화자가 누구인지를 명시하지 않음으로써 날것의 진실이 누구의 입에서 나왔는지는 공식적으로 밝히지 않으면서도, 날것의 진실 그 자체는 살리는 묘수로 보인다.

작가의 성향은 어휘 사용에 있어서도 고스란히 드러나서, 이 작품을 읽다보면 노골적이고 생생한 표현들을 자주 접하게 된다. 예를 들어, 큰딸의 이혼이라는 불행을 겪게 된 마리즈의 어머니를 위로하려고 몰려온 여자들이, 수컷들의 횡포와 부당함을 성토하면서도 정작 미혼의 나이든 여성을 '재고품'으로 지칭하는 자가당착을 보인다. 작가로서는, 당시 '검둥이'라는 말이 상용어였다고 작품에서 밝히고 있듯이, 인종차별이나 남녀차별에 관한 그 시절의 인식 수준을 숨기지 않고 보여주기 위해서라도 흑인은 '검둥이'로, 미혼의 나이든 여성은 '노처녀'나 '재고품'으로 지칭할 필요가 있었을 테고, 번역가는 그러한 작가의 의도를 최대한 존중하였다.

피식민지 경험의 상흔이 여전히 깊은 당시 과들루프의 시대상을 배경으로, 어린아이의 솔직한 시선이 자아내는 무해한 웃음과 과거의 자신을 냉철하게 분석하는 작가의 시선이 빚어내는 신랄한 웃음이 어우러진 이 작품은, 요즘 말로 '웃프다'는 표현이 딱 들어맞는 글이다. 그런데 마리즈는 「나의 탄생」에서, 예리한 독자라면 작품의 전반적인 희비극적 정조에서 살짝 벗어난다는 느낌을 받았을 텐데, 삶을 바라보는 극도로 비관적인 시선을 노출한다. 이 세상의 "색채와 빛들"도 다 내던지고 어두운 엄마 뱃속으로, "떠나왔던 그곳"으로 되돌아가 행복을 찾고 싶다는 가슴 시린 염원이, 미래를 앞에 둔 그저 조숙한 꼬맹이의 겉멋인지 아니면 과거를 돌아보는 어른 마리즈의 목소리일지 궁금한 독자라면, 성인이 된 마리즈가 작가가 되기까지의 시기를 담아낸 『민낯의 삶 *La vie sans fards*』으로 독서를 이어가기를 권한다.

2021년 9월
정혜용

지은이 저자 마리즈 콩데

1937년 프랑스령 과들루프섬 출생. 2018년 대안 노벨문학상인 뉴아카데미문학상을 수상했다. 대표작으로『세구』『나, 티투바, 세일럼의 검은 마녀』『울고 웃는 마음』『빅투아르, 맛과 말』『민낯의 삶』『이반과 이바나의 경이롭고 슬픈 운명』등이 있다.

옮긴이 정혜용

현재 번역출판기획네트워크 '사이에' 위원으로 활동하고 있다. 저서로는『번역 논쟁』, 역서로는『나, 티투바, 세일럼의 검은 마녀』『연푸른 꽃』『식탁의 길』『살아 있는 자를 수선하기』『뻬에르와 장』『성 히에로니무스의 가호 아래』『에콜로지카』등이 있다.

문학동네 세계문학

울고 웃는 마음
내 어린 시절의 진짜 이야기들

초판 인쇄 2021년 9월 10일 | 초판 발행 2021년 9월 24일

지은이 마리즈 콩데 | 옮긴이 정혜용
책임편집 송지선 | 편집 박아름 황지연
디자인 신선아 최미영 | 저작권 김지영 이영은 김하림
마케팅 정민호 양서연 박지영 안남영
홍보 김희숙 함유지 김현지 이소정 이미희 박지원
제작 강신은 김동욱 임현식 | 제작처 상지사

펴낸곳 (주)문학동네 | 펴낸이 염현숙
출판등록 1993년 10월 22일 제406-2003-000045호
주소 10881 경기도 파주시 회동길 210
전자우편 editor@munhak.com | 대표전화 031) 955-8888 | 팩스 031) 955-8855
문의전화 031) 955-2655(마케팅) 031) 955-2686(편집)
문학동네카페 http://cafe.naver.com/mhdn | 트위터 @munhakdongne
북클럽문학동네 http://bookclubmunhak.com

ISBN 978-89-546-8250-3 03860

잘못된 책은 구입하신 서점에서 교환해드립니다.
기타 교환 문의 031) 955-2661, 3580

www.munhak.com